Eulogizing China

诗　颂　中　华

祖国啊，我亲爱的祖国

李少君　王昕朋　丁鹏　主编

中国青年出版社

图书在版编目（CIP）数据

祖国啊，我亲爱的祖国 / 李少君，王昕朋，丁鹏主编. -- 北京：中国青年出版社，2024. 12. -- ISBN 978-7-5153-7507-6

Ⅰ. I227

中国国家版本馆 CIP 数据核字第 2024QV1650 号

祖国啊，我亲爱的祖国

李少君　王昕朋　丁　鹏　主编

责任编辑：岳　超

助理编辑：邹远卓

封面设计：鸿儒文轩 · 末末美书

出版发行：中国青年出版社

社　　址：北京市东城区东四十二条 21 号

网　　址：www.cyp.com.cn

编辑中心：010-57350401

营销中心：010-57350370

经　　销：新华书店

印　　刷：三河市华东印刷有限公司

规　　格：880mm × 1230mm　1/32

印　　张：8.25

字　　数：171 千字

版　　次：2024 年 12 月第 1 版

印　　次：2024 年 12 月第 1 次印刷

定　　价：68.00 元

新诗的中国式现代化路径（代序）

丁　鹏

“白话作诗”的新诗是“五四”文学革命的突破口，也是中国文学走向现代化的开端。如钱理群所说，1918 年 1 月，《新青年》4 卷 1 号发表白话诗九首，“就宣告了中国现代文学的诞生”。按照严家炎的说法，中国文学现代化的起点比工业、农业、国防和科技的现代化的起点要早整整三十年。而在中国文学中新诗又是最早走向现代化的文体。

虽然相比于“在鲁迅手中开始，又在鲁迅手中成熟”的现代小说，新诗的成熟要晚一些。但如果按照波德莱尔意义上的“现代性”就是每一个“新”事物或“新”时代所具有的那种特性，那么立志要新于一切已有诗歌的“新”诗，则体现出文体本位的对现代性的高度自觉。

虽然早在五四时期中国文学的现代化就已经率先开始，但“现代化”一词在中国被广泛使用，则要迟至 1933 年 7 月上海

《申报月刊》发起的对于“中国现代化问题”的大讨论。当时东北三省和热河已经被日本占领，冀东22县也在日伪的势力范围之内。出于拯救民族危亡的迫切，该刊痛心疾首地呼吁，中国要赶快顺着“现代化”的方向进展。

20世纪30年代的上海作为亚洲最大的国际贸易中心和金融中心，是中国现代化程度最高的城市。依托其繁荣的都市消费文化，倡导现代主义的《现代》杂志创刊，并形成了以戴望舒、卞之琳、何其芳等为代表的现代诗派。主编施蛰存认为“纯然的现代诗”应该表现“现代人在现代生活中所感受到的现代的情绪，用现代的词藻排列成的现代的诗形”。

现代诗派的诗学与实践对推动新诗的现代化发挥了十分重要的作用，不仅在于其对现代性的深刻把握与自觉追寻，更在于其某些主张对中国传统诗学观念的继承与转化，某种程度上弥合了新诗与旧体诗的断裂，也有力地回应了梁实秋对初期“新诗，实际就是中文写的外国诗”的尖锐质疑。游国恩认为：“（20世纪）30年代，戴望舒与卞之琳二人，一南一北，一主情一主知，与其他诗人一起，合力打造了中国式的现代主义诗歌。”虽然新诗具体在谁的手中成熟，学界未有定论，例如有戴望舒、卞之琳、艾青等不同说法，但一般认为是现代诗派以其突出的创作实绩，以及丰富的理论建设将新诗推向了成熟。

但正如前面《申报月刊》专号所描述的，当时的中国国民经济整体处于“低落到大部分人罹于半饥饿的惨状”，国防也正面临侵略者铁蹄的践踏。当日本发动全面侵华战争以后，再去书写大都市新潮的现代生活与现代人寂寞感伤的情绪，已经与国内情势、与时代主题相脱节。因此，现代诗派所建构的新诗现代化道路还需要进一步地拓展。

1937年全面抗战爆发后，曾是《现代》杂志作者的艾青写下名作《雪落在中国的土地上》。时代的旗帜引导艾青修正写作的方向，而艾青也自信为新诗找到了“可以稳定地发展下去的道路：现实的内容和艺术的技巧已慢慢地结合在一起”。此后，他为中国人民奉献了他最动人的作品《北方》《我爱这土地》《黎明的通知》……正像吴晓东所评价的艾青诗歌“背后正蕴涵了一种深沉的力量，反映着民族坚忍不拔、自强不息的精神”。

虽然20世纪30年代的诗人们通过探索，已经逐渐意识到应该将现代主义与古典诗词或现实生活相结合，但新诗革命所遗留的“新与旧”“中与西”的对立，仍旧是困扰不少诗人的诗学难题。直至1938年，毛泽东明确提出要“把国际主义的内容和民族形式”紧密结合起来，创造“新鲜活泼的，为中国老百姓所喜闻乐见的中国作风和中国气派”，将民族化议题提升到了与现代化同等重要的高度，引发了关于新诗民族形式问题的大讨论。学习民歌形式，又蕴含现代思想的“民歌体叙事诗”是新诗民族化的成果之一，代表作有李季的《王贵与李香香》、张志民的《王九诉苦》，以及新中国成立后发表的阮章竞的《漳河水》等。

而力扬1940年发表的文章则从新诗的民族形式出发展望了新诗的中国式现代化方向：“诗的民族形式，是发展了自由诗的形式，它必须吸收民间文学适合于现代的因素，接受世界文学进步的成分，并切实地实践大众语的运用，而贯彻以现实主义的创作方法。”这为新诗，描绘出了一幅既拥有文化自信自强，又具有开放包容精神的中国式现代化蓝图。

1942年5月，延安文艺座谈会召开。毛泽东谈道，“我们的文学艺术都是为人民大众的”，将20世纪30年代“左联”所倡导的“文艺大众化”问题提升到了政治的高度，同时又基于文艺自身的规律，“反对只有正确的政治观点而没有艺术力量的所谓‘标语口号式’的倾向”。“讲话”将文艺的自律与他律紧密地结合了起来，一定程度上纠正了抗战诗坛提倡战斗性、忽视艺术性的偏颇。新诗大众化运动还促进了20世纪40年代朗诵诗运动的开展。朱自清在《论朗诵诗》的末尾预言，配合着现代化，朗诵诗会“延续下去”。的确，改革开放新时期以来，以王怀让为代表的朗诵诗仍显示出旺盛的生命力。

除了积极参与朗诵诗的理论建设，朱自清还在中国第一个明确提出“新诗现代化”的课题。1943年2月，苏联取得斯大林格勒战役的胜利，抗战形势向好的方向扭转。同年9月，朱自清在《诗与建国》一文中写道：“我们现在在抗战，同时也在建国；建国的主要目标是现代化，也就是工业化。……我们迫切地需要建国的歌手。我们需要促进中国现代化的诗。”朱自清将新诗现代化置于建国大业的宏大背景及中国诗歌史演变的历史进程中加以探究，并将新诗现代化作为自己诗学追求的核心。正如李怡所说：“朱自清的探索表明……只有扎根于中国文学深厚的传统才能创造出新诗。在这个意义上，朱自清探索的是中国人‘自己的’现代化之路。”

1945年，抗战取得完全胜利。1946年，西南联大解散，迁回北京。读书人终于有了一张安静的书桌。1947—1948 年，时任北京大学西语系助教的袁可嘉先后发表了《新诗现代化》《新诗现代化的再分析》等一系列文章集中探讨新诗现代化问题。他主张将现代主义与现实主义、民族传统高度融合，创作出综合“现实、象征、玄学”的“包含的诗”。能代表这一诗学追求的诗人有冯至、穆旦、郑敏、陈敬容、杜运燮等。两年前，朱自清在《诗与建国》中与国际接轨，甚至“迎头赶上”的新诗现代化愿望，似乎正变成现实。例如，许霆判断，中国新诗派“在 20 世纪 40 年代的崛起表明，中国新诗与世界诗潮开始了同步的演变和发展”。

新中国成立后，一方面，随着新诗大众化趋势的逐渐加强以及诗人们政治热情的不断高涨，朗诵诗进一步发展为政治抒情诗，贺敬之、郭小川是这一诗体的代表性诗人。另一方面，随着工业化的发展，以“石油诗人”李季为代表的工业诗人为新诗现代化增添了工业化的题材。再者，随着祖国统一的进程，此前很少进入诗人视野的塞外边疆风景、少数民族风情成为书写的对象，扩展了新诗民族化的内涵和外延。

1956 年 4 月，毛泽东正式提出“百花齐放，百家争鸣”方针，为新诗的中国式现代化营造了可贵的开放、包容的氛围和环境。同年 8 月，为贯彻“双百”方针，中国作协等单位发起了“继承诗歌民族传统”的大讨论，深化了对于新诗民族化的探讨。1957 年 1 月，中国唯一的国家级诗歌刊物《诗刊》创刊，毛泽东在给《诗刊》编辑部的信中肯定和支持了新诗的发展。在贯彻“双百”方针方面，《诗刊》陆续发表了以新诗现代化为追求的冯至、穆旦、杜运燮、唐祈等诗人的诗作，唐湜的诗论，卞之琳的译诗等。

然而，从1957年下半年开始，“双百”方针受挫。1958年，作为新诗向民歌和古典学习的路径尝试，以工农兵为创作主体的“新民歌运动”在全国范围内轰轰烈烈地开展，将新诗大众化推向了高潮，但也迅速落潮。一方面，对新诗主体性的剥夺，使新诗逐渐走向“非诗”，口号化的创作模式也偏离了延安文艺座谈会“反对只有正确的政治观点而没有艺术力量的所谓‘标语口号式’”诗歌的理论指引；另一方面，脱离现代化的大众化或民族化探索，使得以“新”为特色的新诗不自觉地滑向了“旧”的窠臼。

1965年，《诗刊》被迫停刊。以穆旦为代表的一部分诗人仍坚持现代化的诗艺的探索，正如王佐良评价穆旦写于1975年、1976年的诗：“他的诗并未失去过去的光彩”。1976年1月，《诗刊》复刊。1978年3月，第五届全国人大第一次会议通过宪法，将“双百”方针写入总纲第十四条，“双百”方针重新得以实行。

1978年12月，《今天》创刊，“今天”的命名本身就带有强烈的现代性自觉。以北岛、舒婷为代表的朦胧诗派继承了现代诗派、七月诗派、中国新诗派等前辈诗人们新诗现代化的经验，并注重对民族传统的吸收，以充满启蒙理想与崇高精神的诗作，恢复新诗的主体性，重拾人性与诗歌的尊严。

1979年1月，《诗刊》社召集召开了全国诗歌创作座谈会。艾青、冯至、徐迟、贺敬之、李季等诗人在会上作了发言，卞之琳、阮章竞等诗人参加了座谈会。座谈会聚焦新诗现代化问题，听取了英美等国诗歌现状的介绍，探讨了诗与民主等议题。与会诗人认为诗人必须使自己的思想、感情和行动适应现代化的要求，既要继承我国的民歌、古典诗歌等优秀传统，也要借鉴外国的一切好东西，努力使新诗达到现代化、民族化和大众化；并提出了重视少数民族文艺创作、儿童诗创作、重视培养青年诗人等建议。同年 3 月，《诗刊》以《要为"四化"放声歌唱——记本刊召开的诗歌创作座谈会》为题发表了上述会议纪要；还发表了徐迟的《新诗与现代化》一文，认为新时期诗歌工作的重点要转移到社会主义现代化的新诗创作上来。

上述发言和文章，使人很容易联想到中国新诗派在 20 世纪 40 年代有关"新诗现代化"的探讨，包括袁可嘉的《新诗现代化》《诗与民主》等文章。1981 年，中国新诗派诗人诗歌合集《九叶集》出版，归来的诗人们继续着自己的新诗现代化志业。1988 年，袁可嘉的理论专著《论新诗现代化》出版。受"中国式社会主义"概念的启发，袁可嘉还明确提出了"中国式现代主义"的诗学概念，其"在思想倾向和艺术方法两个方面，与西方现代主义有同更有异，具有中国自己的特色"。

到 1985 年前后，面对西方文化的大量传入和市场经济的飞速发展，以韩东、翟永明等为代表的"新生代"诗人选择了"最能体现时代的样式"，从"现代主义"走向了"后现代主义"。但正如韩克庆所说，后现代主义是对"现代性的延续和调整，它是对现代性弊端的批评，而不是对现代性的终结"。"新生代"诗人的反叛仍然在促进新诗向现代化的方向发展。

90 年代诗歌继承了 80 年代诗歌新诗现代化的努力与探索，同时也对 80 年代诗歌的启蒙倾向与纯诗倾向进行了反思。诗人们褪去了英雄的光环或“逆子”的标签，诗歌也隐退到市场经济的边缘。诗人们选择在个人化和日常化的基础上进一步修复、调整现代性与现实、历史、传统、本土的关系，进而构建可持续的新诗中国式现代化路径。如王家新、孙文波等诗人提出的“中国话语场”概念，以及中国新诗派的代表诗人郑敏这时提出的“汉语性”概念等。

新世纪以来，随着互联网的逐步普及，网络诗歌迅猛发展，并经历了从诗歌网站到博客，再到如今公众号、短视频、小红书等传播媒介和话语场域的更新与迭代；随着高校的扩招，创意写作学科的发展，驻校诗人制度的形成，《诗刊》社“青春诗会”、鲁迅文学院培训班、网络诗歌课程等来自官方、学院、社会等力量的联合培养，使得新世纪的诗歌创作向更加专业化、规模化的方向发展。

2014 年 10 月，文艺工作座谈会召开。习近平总书记谈道，“文艺创作不仅要有当代生活的底蕴，而且要有文化传统的血脉”，同时“必须认真学习借鉴世界各国人民创造的优秀文艺”，并指出“现代小说、现代诗歌等都是借鉴国外又进行民族创造的成果”，强调要以“孜孜以求、精益求精的精神”打造精品，“要适应形势发展，抓好网络文艺创作生产”等，为党的十八大以来的新诗的中国式现代化发展提供了战略性引导。

2022 年 10 月，习近平总书记在党的二十大报告中明确提出“中国式现代化”。贺桂梅说：“全球性现代文明的危机和人类科技及产业革命，迫切需要探索一种具有想象力的未来发展的可能性。‘中国式现代化’是从人类文明史高度提出的新理论，不仅关涉中华民族的命运，也将塑造人类文明史上的新形态。”

以中国式现代化理论为指导，2024年7月，中国作协与浙江省委宣传部共同主办“首届国际青春诗会——金砖国家专场”，来自9个国家的49名外国青年诗人参加，进一步加强我国诗歌和世界诗歌的交流互鉴，以诗歌的形式参与构建人类命运共同体。

同年9月，由《诗刊》社、新疆兵团文联、八师石河子市共同主办的“新诗的中国式现代化道路”研讨会召开。与会诗人在长达一天的研讨中畅谈新诗的中国式现代化议题。老诗人杨牧在发言中希望“中国诗人在新时代找到最贴近时代和人民的语言，创作具有底蕴和新意的现代诗歌”。评论家陈仲义认为“新时代的诗歌，要在继承与薪传的基础上，以创新为最高准则与目标”。

也许新诗永远不会有完美的模型或范式，在中国式现代化的道路上，新诗将随着时代的发展不断创新，永远现代。正如鲁迅所说：“北大是常为新的，改进的运动的先锋，要使中国向着好的，往上的道路走。”同样，起源于北大的新诗也是常为新的，总能发时代之先声，引领思想与文化的浪潮。相信未来，新诗也必将在“以中国式现代化全面推进强国建设、民族复兴”的“这一前无古人的伟大事业”中发挥重要的推动作用。

张学梦的诗

雷抒雁的诗

王怀让的诗

叶文福的诗

傅天琳的诗

程步涛的诗

林莽的诗

芒克的诗

多多的诗

贺东久的诗

刘立云的诗

翟永明的诗

欧阳江河的诗

张曙光的诗

顾城的诗

孙文波的诗

柏桦的诗

王家新的诗

杨克的诗

大解的诗

曹宇翔的诗

张学梦的诗

张学梦（1940—　　），河北唐山人。1957年毕业于唐山第五中学。历任唐山市冶金矿山机器厂、唐山市劳动局生产服务队、机铁铸造厂工人，唐山市文联创作部专业作家。河北省作家协会第五届副主席及第六、七届政协委员。长诗《现代化和我们自己》获全国中青年诗人优秀新诗奖（1979—1980）。诗集《现代化和我们自己》获第二届全国优秀新诗（诗集）奖（1983—1984）。

我的祈祷

世界是或然的。世事难以预料，
不知来年哪种花在莽原里喧嚣。
正因为一错再错
那矮小的橄榄林的灰绿
已遮掩不住峥嵘的号角。
荆棘丛生
千古如斯

边缘和界线威胁着
每一条新路和古道。
而且，钳工们
依然组装着枪械。

但女人们，到阳光中来，在蔚蓝和金黄的
澄明中，奶孩子、割草、耳语或迷人地嘻笑，
满可以这样开始一个新世纪，
那最深沉的拯救
来自一只鸽子的羽毛。
既然最壮丽的消亡也可以
即使最光辉的诞生也可以
即使最激烈的变革也可以
即使最突然的交替也可以
在鸽哨中，在女人们安寝时
以和平的方式经过。
噢，逾越过人类古老的思维：
须知高崖上
鹰的孵化
不是也不需要暴风雨和雷电。

工业新巨人

他们预测，那些饮誉全球的学者
围绕圣诞岛的千古之谜，太平洋白银的泡沫
将绽放出凌厉的花朵。
像挂在新世纪幸运女神颈上的项链
明珠璀璨，而中国
则是那最硕大最蓬勃的一颗。对此

我坚信不疑。即日，毫无例外地意味着
分娩的准备和墓志铭的镌刻，
已经很久了，
我们英勇播下的彩色电荷
已经勃发，缤纷，
并静悄悄涂改了时代的风格：
第三产业披上了新娘的婚纱，
第二产业登上了王者的宝座。
得相信：那第一滴春雨就分割了季节，
那第一缕电波就兑现了承诺。

让我们登上未来学的飞船
突破现实的阻隔，

看岁月从船舷飒飒闪过，
让我们忽略所有事件的细节、所有
概念演绎，人物音容，冰与火
并搁置所有感慨和判断，
使时间的急驰的碎屑
来不及映照空间的变革，
但当新世纪的钟声响起
我们就停在旭日的猩红的弦上。

我们将看到最壮丽的景色，
环太平洋的所有国家，太平洋白银的泡沫
一片生机勃勃，不论枫叶、樱花
或金合欢，都在昕曙中婆娑，
新世纪的惠风
莫名的留连。犹如一种应验。
而同时开始的竞争与拼搏，
将验证他们的预测：
太平洋沿岸将由璀璨的明珠堆就。
而我们停泊的旭日之弦
那冉冉升起的东方明珠
是中国。她通体闪烁着
幸运女神的亮丽的秋波……

祖国，我是你精神花园的子叶

祖国，我执着的碧绿。
祖国，我饱和翌日的晨曦。
祖国，我是你精神花园的子叶。
祖国，我是你文化基因中最风流的碱基。

人择的宇宙依然莫名地膨胀。
哲学和诗歌的地球村此刻很静寂。
世界正用羸弱的语言抗拒物理的虚无。
而东方，挖掘朝阳的人们，挥汗如雨。

伴随你生命潜质的激荡。
思想从欲的浊流中析出泛起。
祖国，我是你精神花园的子叶。
我最接近那些先锋的碑铭般的警句。

祖国，你的思维和智慧正经历着新升华。
祖国，你形而上的天空，新星系正在跃迁中孕育。
祖国，你已迈进新思想破晓的伟大时代。
祖国，上苍正通过你传达它，最新的神谕天启。

给人类日愈偏执的头脑和荒疏的心灵，
提供生机勃勃的思考，万紫千红的话语。
给日愈滑向危机和阴郁的世界，
注入东方哲理和东方语境，丰饶的意义。

我的诗歌踏着世界公民的皮靴。
我的遐想插满跨文化的彩羽。
我和这个星球所有笃信理智良知的人们，
共同张扬人类文明的基本价值和普遍主义的真理。

祖国，我赞美，你投给未来的微笑。
祖国，我赞美，你展现的信心和勇气。
祖国，我赞美，你崛起标示的方向。
祖国，我赞美，你传输给世界的活力。

啊，在你眺望远方的眼瞳里，
愿我的心跳成为新日冉冉的战栗。
啊，在你金色的苍翠的额叶上，
愿我的祈祷成为灵感萌芽的露滴。

这里也是文化星辰层出不穷的地方。
这里也是睿智聪颖勤劳奉献的人们的乡里。
这里也是开拓创新和梦想成真的国度。
这里也是自由精神和精神自由的圣地。

祖国，我是你精神花园的子叶。
我携带着新世纪，一百个春天的讯息。
在注定隆起的中华思想巨人的雕像群边，
我将生成一丛碧草，并努力结出北国红豆一粒。

信仰

面对深不可测的宇宙茫茫
面对星系的斑斓
无垠的空旷
暗物质的迷藏
面对大爆炸：有限的了解和无限的未知
在终极的困惑中
存在和太阳
就是我的信仰

像一颗浆果
漂泊在时空的枝条上
不知道造物的青睐
会有多么久长
面对樱桃般脆弱的地球
面对没有呼唤和应答的孤独

绿色和鸟鸣
就是我的信仰

面对文明的喧嚣和文化的冲撞
面对核武器、坦克、军事卫星、导弹发射场
面对地缘政治的彩色画面
面对贪婪、傲慢、强权、虚妄与疯狂
在这个不安定的世界
在这个充满危机的世界
理智、和平与祖国
就是我的信仰

我们沉溺其中的生活
我们倾心眷恋的尘世
令我们快乐令我们愁烦令我们希望和失望
一个天使与魔鬼的共同的游乐场
面对清晨的乐曲
面对庸俗的麻醉
面对人性的光芒，邪恶的伎俩
面对生活的本质和现象
善良、进步、自由和诗章
就是我的信仰

大脑的原野

星星点点的光亮
生命的奥妙
玻色子的踪迹
宇宙的边疆
认知是如此的美丽和悲壮
面对知识的岛屿
面对疑谜的汪洋
面对科学的狂飙，哲学的蹒跚
探索、追问和想象
就是我的信仰

我站在这里
信仰就是家园
我走着
信仰就是方向
我要探寻
信仰就是基础
我要欢乐
信仰就是朝阳
我要存在
信仰就是理由
我要歌唱
信仰就是乐章

中国世纪

我无法冷却自己的激昂，
我有理由，作这样的遐想。
愿美利坚合众国继续她的卓越，
愿俄罗斯重建她的荣光，
愿摩纳哥和圣马力诺云般高飞，
愿日本和欧盟铸就她们的辉煌……
但宿命和逻辑
也属于我们：
这个世纪也是中国世纪，
新世纪的昕曙
也哗哗倾泻在中国大地上。

我无法拒绝蔚蓝和碧绿的映照，
我有理由让思维，这样的闪光。
不论国际论坛，还是国内论坛，
我也欣赏，灰色和低沉的吟唱，
我知道忧患的深刻贵如金玉，
我知道不可小看悖论狰狞和乖张。
但这世界正值青春年少，
现代文明刚刚展开它的翅膀，

不论南方或北方
希望之歌都嘹亮。
新世纪的花环也选择了中国，
新世纪的机遇也选择了中国，
中国精神
春蕾初放：
灿灿金黄，
郁郁芬芳。
亿万人民的意愿和精英们的选择
决定了中国的复兴，中国的富强。

不渺茫，也非虚妄和幻象；
在前进，在孕育，在隆起，在变革，在增长。
物质的证明：
蓬勃的速度与力量。
世界睁大眼睛注视着中国，
世界惊奇地感受着中国的影响。
顶着信息化数字化的露珠，
顶着知识经济科技革命的晨光，
在真诚合作与残酷竞争中，
在风云变幻的今日世界与市场，
我们高奏凯歌，
硕果累累，
综合国力扶摇直上。

而我们眺望的方向
正热烈：
一轮碧绿的太阳。

我无法冷却自己的激昂，
我有理由，写出这样的诗行。
新世纪也是中国世纪，
新世纪也将成就中国的光荣和梦想。
我们将与一切富有创造力的国家
共同谱写现代文明的新篇章。
透过忧患的智慧，
透过未来学的视野，
未来前景
是如此的清晰和明朗：
不论经历多少困难和风险，
不论付出多少痛苦和牺牲，
我们神圣的事业，
我们神圣的丰碑，
必将灿烂地球村的广场。
中国道路，中国智慧，中国的贡献
必将铸造中国世纪的柱石，
参与支撑
存在和美好地存在：人类共同的信仰。

雷抒雁的诗

雷抒雁（1942—2013），陕西泾阳人。毕业于西北大学中文系，后赴部队农场锻炼，加入中国人民解放军，任62师宣传干事。曾任《诗刊》社副主编，鲁迅文学院常务副院长，中国诗歌学会会长，中国作家协会第五、六、七届全委会委员。《小草在歌唱》获全国中青年诗人优秀新诗奖（1979—1980），《父母之河》获第二届全国优秀新诗（诗集）奖（1983—1984）。

那只雁是我

那只雁是我，
是我的灵魂从秋林上飞过；
我依然追求着理想，
唱着热情的和忧伤的歌。

那只雁是我，
是美的灵魂逃脱了丑的躯壳；

躲过猎人和狐狸的追捕，
我唱着热情的和忧伤的歌。

飞过三月暮雨，是我！
飞过五更晓月，是我！
一片片撕下带血的羽毛，
我唱着热情的和忧伤的歌。

怀念那匹狼

那是一匹多么美丽的狼
灰色的毛，像着一身灰色西装
一双蓝灰色的眼睛
躲躲闪闪，羞涩得像个姑娘

几百里地只我们一顶帐篷
有只狼就不觉得荒凉
不远不近地跟着我们
守我们睡觉、守我们吃饭、守我们歌唱

我们用肉喂它
它却扭捏地后退像是谦让
然后，猛然一口吞咽

然后，柔柔的目光和我们对望

对它说话，给它命名
这匹狼是我们钻井队家养
戈壁的傍晚清冷而又漫长
那只狼，伴我们度过寂寞时光

迁移的汽车就要开动
突然，追着我们跑来那匹灰狼
像是留恋，像是惜别
忧伤的目光，至今叫人难忘

梦惊

何处笛声让人梦惊
让我从子夜直坐到天明
凄厉如石裂，哀婉如丝鸣
凄凄切切缠缠绵绵断断续续
知是谁人一段难割难舍的少年爱情

我长长的伤口开始疼痛
战栗、惊悸如一颗妇人心
波动不宁

披衣而坐，正雁群掠月
飞过窗外的天空

雁鸣谱成春声，叩动生命
风在行动，万籁有情
叫人从子夜听到天明

一袭青衣

粗心的女子
洗衣却忘了收衣

将一袭青衣徒然
飘挂在这里

衣里还藏着花和果子
你的气息

衣里还藏着笑和歌子
你的心曲

衣里还藏着云和影子

你的梦呓

好粗心的女子
你亮开自己的秘密

飘飘荡荡
风吹着你，青衣

曲曲折折
山缠着你，青衣

只因这一袭青衣
长江有一半都染成了绿的

谁都有过荒凉

你为沙漠悲伤
叹息这里一片荒凉

连绵的沙丘起伏
都似哑然凝固的海浪

风在光影间轻轻走过

播撒着抑郁和忧伤

我说，谁的心不曾有过荒凉
沙漠只是大地的一片创伤

我们曾经叹息，沮丧
无望的日子有时很像是一阵死亡

你看那远处阔步而至的胡杨
不正是沙漠梦里触摸着的希望

王怀让的诗

王怀让（1942—2009），河南济源人。1966年毕业于河南大学中文系。历任《河南日报》处长、编委、高级编辑，河南省文联主席团成员、作家协会副主席，郑州大学特聘教授。《王怀让诗选》、长诗《我们光荣的名字：河南人》、《中国人：不跪的人》蝉联第一、二、三届河南省文学艺术优秀成果奖。散文《构思》《少林寺记》获全国报纸副刊一等奖。

雷锋

永远新鲜的雷声
永远尖锐的刀锋
一颗螺丝钉
所有的机器通用

所有的苗圃里
都有你那身军装的绿

所有的花丛中
都有你那颗红星的红

你的车轮和日轮一起
滚过每一个日子
你的目光和月光一起
照进每一个梦境

一首诗歌
越读越觉得生动
一个故事
越讲越让人动情

中国的女性

像紫燕掠过无垠的田畴，
像绿柳盖满奔腾的溪流。

似黄花镶平初春的山沟，
似红叶染尽仲秋的枝头。

中国的女性是光辉的，
像缀亮夜空的灼灼星斗。

中国的女性是美丽的，
似挂满东天的彩霞之绸。

今天，当我们穿着人造纤维的时候，
怎能忘：黄道婆那摇动纺车的双手！

今天，当我们实现了民族团结以后，
长相忆：王昭君那离宫出塞的运筹！

在我们的戏曲里，不光有崔莺莺如花娇羞，
更有花木兰的寒光铁衣，光照千秋！

在我们的文学中，不光有林黛玉弱似杨柳，
更有红娘子的金鞍赤骝，气冲斗牛！

我们有不朽的女歌手——蔡文姬，
至今，《胡笳十八拍》仍跳荡在李谷一的歌喉！

我们有万古的女词人——李清照，
至今，“人比黄花瘦”仍燃烧着谢冰心的笔头！

中国的女性使中国的史册如此辉煌，
中国的女性让中国的现实这般富有——

在我们的镰刀锤头旗帜上，
向警予的热血把镰刀锤头淬得更加摧枯拉朽！

在我们的五颗金星红旗上，
宋庆龄的名字把五颗金星镀得更加光照宇宙！

我们有杨开慧，她早已走进玉宇琼楼，
革命的每一次胜利，她都要举起桂花美酒。

我们有邓大姐，她今天仍住普通房屋，
人民的每一次进军，她都要走在前头。

听，赵一曼的呼声又飞出向秀丽之口，
中国的女性虽是朵朵小花，果实却年年丰收！

看，刘胡兰的热血又奔涌在张志新的心头，
中国的女性虽是株株小草，根子却深入泥土！

丘钟惠是怎样把小球的第一块金牌挂在胸口？
孙晋芳又如何把大球的第一个奖杯高举过头？

写到这里，我的诗无论如何也应该徘徊逗留，
让所有诗句都开出鲜花，对她们也赞美不够！

女排是国之瑰宝，女排是人之魁首，
她们托起的哪里只是排球，分明是整个地球！

啊，中国的女性哟何等美丽，
东天的彩霞哪里比得上她们俊秀！

啊，中国的女性哟如此光辉，
夜空的星斗哪里比得上她们风流！

啊，中国的女性是大地上的“仙女”，
散花来，新长征途中她们正撒下一路锦绣！

啊，中国的女性是新时期的“女神”，
补天去，现代化大业她们将托起四化高楼！

望西藏

从高空中望你，
你是一件霓裳羽衣——
你是在舞蹈呢，
你是在歌唱呢，
我们尽情地想象，

你比想象中的神秘还要神秘。

从平地上望你，
你是一座突出隆起——
你是从地心突出呢，
你是向太阳隆起呢，
我们竭力地浪漫，
你比浪漫里的神奇还要神奇。

从诗歌中望你，
你的旋律是这样的壮丽——
那不是达娃央宗采集的圣火吗，
那是太阳对我们最珍贵的赋予，
那圣火永远也不会停止燃烧，
从亚运燃烧出我们永远的运气。

从歌声里望你，
你的音符是如此的美丽——
那不是才旦卓玛动人的歌唱吗，
那是雅鲁藏布江流淌的信息，
那信息正在电波中热烈传递，
传递着一个民族的欢乐与活力。

从史书中望你，

你是一种古老和祥瑞之气——
你古老得像文成公主身上的丝绸，
每一丝都是缠绵每一缕都是情谊，
她使西藏的故事平添了一个女孩子的生动，
而她的生动中也跳跃着西藏的血液。

从地图上望你，
你是一片年青和蓬勃生机——
你年青得像孔繁森刚刚走过的道路，
每一步都是信念每一程都是哲理，
他使高原的海拔增加了一个男子汉的身高，
而他的身高应是高原和他的身高的合计。

啊，远在天边的西藏，
我们眺望你，
仰望你，
愿望你，
希望你，
祈望你，展望你——

啊，近在心中的西藏，
我们眺望你的神秘，
仰望你的神奇，
愿望你的美丽，

希望你的壮丽，
祈望你的新飞跃，
展望你的新世纪……

新年和青年

手边虽说有《汉语词典》
但我还是想重新注释新年
新年不是收获而是播种
新年不是果实而是花瓣
新年不是句号而是逗号
新年不是入海口而是黄河源

“一元复始”我也想赋予新义
如同读书，我们掀开了新的单元

身边虽说有少男少女
但我还是想描绘一下青年
青年不是流星而是行星
青年不是雷声而是雨点
青年不是单本戏而是连续剧
青年不是慢镜头而是快闪

我想对“青春”一词说文解字
如同两轮，日月载着它前途无限
当新年又一次来到身边
雪花把海报贴满人间
如果说时间是无尽的路
那么，新年把里程标在路边
如果说时间是无边的海
那么，新年似灯塔竖在海面

啊，新年是时间的青年
新年里，你可窥到迎春花的芳颜

当青年正作为你的名片
长长的履历表摆在面前
如果说人生是一首诗
那么，青年应是这首诗的警句
如果说人生是一支歌
那么，青年该是这支歌的主旋

啊，青年是人生的新年
青年人，你可听到布谷鸟的啼唤

我迷信未来

我迷信明早，
明早天上有霞光万道。
每一片朝霞都会照亮一片土地，
每一缕阳光都会射飞一只小鸟。
云霓将套红我们的新闻，
彩虹将落进我们的画报。
每一种事业都是一片绿叶在发光，
每一个人都是一颗露珠在跳跃。

啊，为了迎接我迷信的明早，
我乐意把目光夹在书页里等待天晓！

我迷信明春，
明春大地将繁花似锦。
每一座山头都将展开一幅油画，
每一条小溪都将弹响一把竖琴。
犁头在大地上繁忙地播种，
笔头在心田里紧张地耕耘。
每一条战线都是一棵大树葳蕤参天，
每一个人都是一朵花绽芳吐馨。

啊，为了迎接我迷信的明春，
我情愿把一颗心埋在风雪下扎根！

我迷信未来，
未来的人间将会有一万种色彩。
人们的身上再不会只是一种深灰或者军绿，
所有的花朵将在我们的服装上一起盛开。
电子和光子将在我们的户籍中注册，
水星和火星将成为我们旅途中的月台。
每一片土地都将结满民主和科学的果实，
每一个人都是一轮太阳光照天外。

啊，为了迎接我迷信的未来，
我愿意活一百岁，我愿我的诗活到万载！

叶文福的诗

叶文福（1944—　　），湖北蒲圻人。1963 年毕业于蒲圻师范学校。1964 年应征入伍，历任工程兵 126 团战士，工程兵第 51 师战士、区队长、文艺宣传队员，工程兵政治部文工团专业作家，北京煤炭管理干部学院干部。诗歌《祖国啊！我要燃烧》获全国中青年诗人优秀新诗奖（1979—1980）。诗集《雄性的太阳》获第三届全国优秀新诗（诗集）奖（1985—1986）。

“给你光，给你热”

一幅珍贵的历史照片挂在面前：张思德同志满头大汗，双手捧一束木炭，从窑膛里递出来……

窑膛，还那样炽热——
烟火，吐着灼人的长舌，
是谁？那是谁冲进去了——

高大的身躯，红光闪烁。

高大的身躯呵，红光闪烁，
扑火！扒炭！忙的乐呵呵。
一转脸，看见了——
呵，是我们心中的张思德！

双手捧一束发亮的木炭，
递给革命，烧起熊熊大火。
快递！快递！革命需要炭呐，
革命的大火要烧遍全国！

要用一个猛烈燃烧的火海呀，
烧死万恶的日本侵略者；
要用一个猛烈燃烧的火海呀，
烧出一个火红的新中国！

快递！快递！革命需要炭呐，
毛主席身边的战士，深深懂得！
你急切地喊："给你木炭！给你木炭！"
全不顾烟燎黑了脸颊、火烧伤了胳膊！

也许，这一束木炭要送给毛主席，
战士丹心就在领袖身边闪烁。

寒夜，毛主席俯身暖一暖手，
然后笔挟惊雷，马兰纸上风驰电掣！

也许，这一束木炭要送往前线，
送往八路战士简陋的棚舍，
同志们打罢伏击归来，
火光同他们一起分享胜利的欢乐……

革命需要炭呐，“给你木炭！”
你高喊着，奋力跳进窑膛，跳进烈火。
呵，张思德——一块革命的最优质木炭，
烧热了八亿人民的心窝……

……灯下，我翻开《为人民服务》，
用英雄燃烧的生命，检验我的斗争、我的生活。
字里行间，我看见张思德从安塞山中走来，
双手捧着木炭说：“给你光，给你热……”

星海石

在陕甘宁东侧黄河的河心，有一块闪光的巨石，乡亲们告诉我：人民音乐家冼星海曾在上面站过……

多么好呵，这块巨石——
晶莹的浪花在四围竞开。
一条条赤色和蓝色的花纹，
在水波中放出奇异的光彩。

一双巨大的脚印旁边，
长着一层层暗绿色的青苔。
传说，这巨石上，
曾站立着冼星海……

呵，他站在这河心的巨石中间，
听九曲黄河惊涛澎湃。
峡中冷风掀开他的衣襟，
巨浪如奔马，扑面而来。

黄河，用浑厚苍凉的声调唱呵，
唱漫漫五千年不尽的悲哀：
纤夫激烈的呐喊，孤儿绝望的号哭，
和浪涛一起，奔进他阔大的胸怀。

黄河，用雄劲激越的旋律唱呵，
唱一个伟大民族的英雄气概：
太行山冲天的怒吼，青纱帐密集的枪声，

和浪涛一起，奔进他阔大的胸怀。

黄河呵，抑不住战斗的自豪和激动，
唱呵，唱阳光普照的灿烂未来。
《国际歌》的音符，《东方红》的旋律，
和浪涛一起，奔进他阔大的胸怀……

峡中深埋的千般仇，
浪底翻起的万般爱，
呼啸！奔涌！唱呵——
唱给我们的冼星海！

风在吼，马在叫，
怒浪在雷雨中咆哮，闪电撕裂阴霾。
他张开双臂，抱着黄河，
抱着我们民族之母呵，热泪盈腮！

笔蘸黄河浪，写呵——
风掀马兰纸，写呵——
黄河的歌，母亲的歌，直冲九天，
黄河的仇，黄河的爱，翻江倒海！

……于是，一支黄河的歌，
就这样传给了后代

"风在吼，马在叫……"
我们唱着，歌声把大刀磨得锋快；

于是，一支战斗的歌，
就这样飞遍五湖四海——
"风在吼，马在叫……"
我们唱着，也记着那风雨如磐的年代！

……多么好呵，这块巨石
晶莹的浪花在周围竞开。
巨石上，今天，
依然站立着冼星海……

写给钢筋

森林里，都见过参天大树，干大叶稠，
谁见过地下的根须？没有！
但就是它，奋战在土层深处，
吸收营养，无止无休；

人体上，都见过强健的肌肤，
谁见过里面的骨骼？没有！
但就是它，依照大脑的指挥，

奋力博取行动的自由。

呵，钢筋——
我的无言的战友！
你说，它们同你有无相似之处？
我唱给你的歌，该不该用它们开头？

不！它们怎么能同你匹配
你是钢，出自工人阶级之手！
工人的理想，工人的胸襟，工人的性格，
化作千度高温，把你铸就！

千锤百炼，冲出炉口，
于社会主义，大显身手。
用你钢的意志，钢的气魄，
举起桥梁，举起大坝，举起高楼！

把水泥、砂石紧紧团结在一起，
做力的中坚，声色不露。
不喜欢溢光流彩的荣誉的花环，
默默地进行一场韧的战斗。

一千年，一万年——
不听赞歌，不夸海口；

一千年，一万年——
不讲功劳，不计报酬！

这就是你：钢筋——
对于生活，你理解的何等深透！
我知道你为什么这样，钢筋——
你来自熔炉，出自工人阶级之手！

呵，钢筋，我的无言的战友，
我是共产党员，党旗下举过右手！
我愿我的生命，像一条钢筋，
无条件地编进共产主义高楼！

山的儿子

——悼念我的班长

班长，我们要走了，部队移防，
这山，修好了公路，盖起了工厂。
背包已经打好，队伍马上出发，
我们要走了，班长，部队移防。

全班都站在你墓前，第一个是小胖，
你看见没有：他长得多健壮！

自从……那时候……起，
你的青春就在他身上放射光芒！

你坟上的迎春花，已经开放，
四围的青松，像一堵绿墙。
真的像一座小山，躺在大山怀里，
你身边有溪水，墓碑向太阳。

我们懂得你最后的遗愿——
你是山的儿子，祖国的山是你亲娘。
躺在山的怀里，像躺在母亲怀里，
你是山的儿子，在母亲怀里成长。

我们要走了，班长——
像你那样，冲向新的战场。
你呵，依然留在这里，守卫大山，
挥动松枝，目送战友赴远方……

祖国啊，我要燃烧

当我还是一株青松的幼苗，
大地就赋予我高尚的情操！
我立志做栋梁，献身于人类，

一枝一叶，全不畏雪剑冰刀！

不幸，我是植根在深深的峡谷，
长啊，长啊，怎么也高不过峰头的小草。
我拼命吸吮母亲干瘪的乳房，
一心要把理想举上万重碧霄！

我实在太不自量了：幼稚！可笑！
蒙昧使我看不见自己卑贱的细胞。
于是我受到了应有的惩罚——
迎面扑来旷世的风暴！

啊，天翻地覆……
啊，山呼海啸……
伟大的造山运动把我埋进深深的地层，
我死了——那时我正青春年少！

我死了！年轻的躯干在地底痉挛，
我死了！不死的精灵却还在拼搏呼号：
“我要出去！我要出去！我要出去啊——
我的理想不是蹲这黑的囚牢！”

漫长的岁月，我吞忍了多少难忍的煎熬，
理想之光，依然在胸中灼灼闪耀。

我变成了一块煤，还在舍命地叩打地狱的门环：
“祖国啊，祖国啊，我要燃烧！”

地壳是多么的坚厚，希望是何等的缥缈！
我渴望：渴望眼前闪现出一千条向阳坑道！
我要出去，投身于熔炉，化作熊熊烈火：
“祖国啊，祖国啊，我要燃烧——！”

傅天琳的诗

傅天琳（1946—2021），四川资中人。1961 年毕业于重庆市电力技校。同年分配至重庆市缙云山园艺场。1980 年调入重庆市北碚区文化馆。1982 年调入重庆出版社工作。曾任重庆作家协会副主席。《汗水》获全国中青年诗人优秀新诗奖（1979—1980）。诗集《绿色的音符》获第一届全国优秀新诗（诗集）奖（1979—1982）。诗集《柠檬叶子》获第五届鲁迅文学奖。

给母亲过生日

母亲，你早已不在世上
我跪在钟表的废墟上给你过生日
时针甩开它的小蹄子一路疯跑
你知不知道今天你都一百岁了呀
你把黑夜深深吸进自己眼瞳
留给我们的永远是丽日蓝天
你早已凌驾于风之上霹雳之上

一切屈辱与蹂躏之上。但是有了今天
时空就是一种可触摸的亲切物质
就是你重孙子手里这块酥软的蛋糕

下一站

下一站
一次次被车轮扬起的尘埃覆盖

背负着烈日和冰雹
我要赶往下一站

那酒旗飘摇，备好茶水的
那窗明几净，一尘不染的
不是我的下一站

那花潮汹涌，滔滔的鸟声迎面扑来
载歌载舞的
不是我的下一站

一路颠簸
与十万里风沙结伴而行
我要赶往我的下一站

我的下一站
在大漠以西，红柳以西
盛开的沙枣花和马蹄以西
一段最好的人生以西

我的下一站选择空白和停止
在地图上找不到它
它在我的心脏以西

柠檬黄了

柠檬黄了
请原谅啊，只是娓娓道来的黄

黄得没有气势，没有穿透力
不热烈，只有温馨
请鼓励它，给它光线，给它手
它正怯怯地靠近最小的枝头

它就这样黄了，黄中带绿
恬淡，安静。这种调子适宜居家
柠檬的家结在浓荫之下

用园艺学的话讲：坐果于内堂

它躲在六十毫米居室里饮用月华
饮用干净的雨水
把一切喧嚣挡在门外

衣着简洁，不懂环佩叮当
思想的翼悄悄振动
一层薄薄的油脂溢出毛孔
那是它滚沸的爱在痛苦中煎熬
它终将以从容的节奏燃烧和熄灭
哦，柠檬

这无疑是果林中最具韧性的树种
从来没有挺拔过
从来没有折断过
当天空聚集暴怒的钢铁云团
它的反抗不是掷还闪电，而是
绝不屈服地
把一切遭遇化为果实

现在，柠檬黄了
满身的泪就要涌出来
多么了不起啊

请祝福它，把篮子把采摘的手给它
它依然不露痕迹地微笑着
内心像大海一样涩，一样苦，一样满

没有比时间更公正的礼物
金秋，全体的金秋，柠檬翻山越岭
到哪里去找一个金字一个甜字
也配叫成果？也配叫收获？人世间
尚有一种酸死人迷死人的滋味
叫寂寞

而柠檬从不诉苦
不自贱，不逢迎，不张灯结彩
不怨天尤人。它满身劫数
一生拒绝转化为糖
一生带着殉道者的骨血和青草的芬芳

就这样柠檬黄了
一枚带蒂的玉
以祈愿的姿态一步步接近天堂
它娓娓道来的黄，绵绵持久的黄
拥有自己的审美和语言

让我们回到三岁吧

让我们回到三岁吧
回到三岁的小牙齿去
那是大地的第一茬新米
语言洁白，粒粒清香

回到三岁的小脚丫去
那是最细嫩的历史
印满多汁的红樱桃

三岁的翅膀在天上飞啊飞
还没有完全变为双臂
三岁的肉肉有股神秘的芳香
还没有完全由花朵变为人

一只布熊有了三岁的崇拜
就能独自走过百亩大森林
昨夜被大雪压断的树枝
有了三岁的愿望就能重回树上

用三岁的笑声去融化冰墙

用三岁的眼泪去提炼纯度最高的水晶

还有小脾气，小错误，小幻想
哪儿都值得回去

我们这些锈迹斑斑的大人
真该把全身的水都拧出来
放到三岁去过滤一次

我的北碚

在离北碚还有三十公里的地方
空气中就飘来炊烟的气味
家的气味，亲人的气味
整片秋天被高速公路分开
我带着一座花园在飞奔

我磅礴的相思
早已交给雨的手指抹绿崇山峻岭
只有翅膀才能为我们带来天空
在我梦中，集合了多少缙云山的鸟群

我一刻也没有停下的笔

奋力追赶你的桥梁，道路，古镇，新区
一天天一年年，我在你的光里播种
吸入你山涧的水，嘉陵江的水
吸入你水一样源远流长的文化和精神

我站在夕阳的边上
却感觉内心有一颗朝阳正冉冉升起
我从曾经的一枚果核里走出来
放眼我的北碚
万象更新如孔雀频频开屏

鸟声如此之宽乾坤如此之大
爱情如此之醉芳香如此之深
即使每一片叶子都写着家的地址
我还是迷路于家门口
迷路于这个锦绣的早晨

我是你熟悉的诗歌的老黄牛
把头埋进你的青草，憨愚、陶醉
第一道车辙就是我新鲜的诗行
写在刚刚贯通的隧道
水泥味尚未散尽

我还是你坡地的那棵萝卜

被命运的酱汁反复腌制，百味丛生
还是你矮小的灌木，昂扬的枝叶
磨难和信念把希望赐予了一个柔弱的人
我还是你的云你的雾
那么软，那么轻

狮子峰站在云上与我对视
我的肺里有你松涛汹涌的声音
而此时我却找不到词语
我只能匍匐在地匍匐在地啊，亲吻你
亲吻你泥土里的乳汁，泥土里的根

程步涛的诗

程步涛（1946— ），河北广宗人。1963年应征入伍，历任原济南军区战士、排长、干事、股长。1980年从部队基层调入解放军文艺出版社工作，先后任《解放军文艺》编辑部编辑、《昆仑》编辑部主任、解放军文艺出版社政治委员、社长、副编审。著有诗集和散文集《笑容在黎明前凝固》《乡思》《爱·生·死》《鹰群》《清黄河 浊黄河》等十余部。

故居

在淮安看周恩来故居
如同阅读一部天书
我不知道
是该寻找那串幼稚但却坚定的脚印
还是该寻找大雁飞走后
留下的片片翎羽
所有的语言在这里都变得苍白

连同眼眶里溢出的
晶莹的泪滴

如今
叫故居的实在太多太多
太多的故居都长成了青草
长成了野花
只有孩子们采撷浆果时
才会吸吮到一些
历史的记忆

而这里不然
这里
从迈进门槛那一刻起
一砖一瓦
一草一木
都会给你讲述
一个家族和一个伟人的沉沉往事
还有那棵蜡梅
遒劲的枝干
幽幽的暗香
时时都在告诉我们
什么是纯粹
什么是高洁

什么是追求和价值

轻轻地
我走到门外
一条石路正伸向远方
我看见
那个让一个民族刻骨铭心的身影
看见巍峨的山
和滚烫滚烫的土地

边区：一只碗和一粒黄豆

在太阳下面
在蓝天白云下面
在所有的目光和期待下面
用一只碗
和一粒黄豆
进行边区政府的民主选举

每一张脸笑得都是那么灿烂
每一个人都把黄豆紧紧攥在手里
一粒黄豆就是一颗心
放到碗里

便是交出全部的信任和期冀

黄豆不再是黄豆了
它是一座碑
一个标志
它是革命进程中的一段路
和一支进行曲

那天阳光很好
我站在被人们称为旧址的
边区政府的院子里
面前
有一株老树
高大
茂密
顶天立地
它见证了昨天
也见证了今天
老树是一部大书

把权力交给人民
把信任交给人民
一只碗和一粒黄豆
给了我们一个

永远的启迪

京西古道

星星是蹄铁溅起的火花吗
明明灭灭
映照着古道上深深浅浅的蹄窝

那时
这里没有路
也没有驿站和农舍
只有飞鹰流云
只有盛夏的蝉鸣
和隆冬的积雪

是那些勇敢的商队和行旅
是那些坚定的游僧和香客
赶着一链子骆驼和骡马
日复一日
年复一年
用坚韧和信念
在大山的脊背上
镌刻下和大山一样厚重的史册

蹄铁磨成齑粉
蹄窝拉长岁月
歌谣在山里开花了
日子在山里开花了
古道旁
站起来一个又一个村落

连绵起伏的群山
蜿蜒崎岖的古道
运送过煤炭
盐巴
酒浆和谷穗
运送过绒线
顶针
布匹和茶叶

生活有多少甜蜜
古道就有多少甜蜜
生活有多少苦涩
古道就有多少苦涩

今天
我们在古道上走走停停

企图破解那些淹没在蹄窝里的秘密
希望能找到一块陶片
一截绳索
它们都是先人的故事
或者悱恻缠绵
或者惊心动魄

汴水

如今寻找汴水
只能到白居易的诗词里去了
可我总能听到
汴水上的涛声桨声

隋炀帝的龙舟一去没有回来
宋高宗断了漕运的通道
却方便了金兵的马蹄
汴水没有了
大宋的江山也没有了
一条河流的命运
印证了一个王朝的命运

我曾经一次次地想象汴水的样子

两岸垂柳一河舟楫
水面倒映大块大块的云朵
浪涛夹杂着河南梆子、河南坠子
夹杂着泥土般清醇的豫东乡音

流淌着，流淌着
汇入泗水
汇入淮河
汇入瓜洲古渡
而后干涸在唐诗宋词之中

从此汴水成了歌谣
唱了几十年几百年
角弓箭羽鹰群雁阵
小麦玉米桑枝梧桐
直到把一条河唱成一部书
唱成历史天空上的一颗流星

汴水，中原大地上
一道永远的伤痕

昭化

如果要我介绍一座古城
我第一个要说的便是昭化
被三国故事浸泡了百年千年
被历史烟云笼罩了百年千年
老墙斑驳、石路凹凸
每一间店面都挂着一盏
红红的灯笼的昭化

在这里，你看到的一切
都堪称教科书
你会听到昭化的倾诉
告诉我们
什么是大河奔流
什么是泥沙俱下

城墙斑驳，砖缝的小草却在绽芽
那棵柏树有一千多岁了吧
一千多岁的树干上
年轻的藤萝正在奋力攀爬

不动声色的是昭化的老人
用一杆铜锅玉嘴的旱烟杆
过滤日子的酸甜苦辣
几尊残缺的石础
仰望着远去的白云
白云下边
是一片摇曳的芦花

哦哦，洒满阳光的昭化
绿茵铺地的昭化
太多的兴衰荣枯就是一把铁锤
把自己锻打成一部神话

纪宇的诗

纪宇（1948—　　），原名苏积玉，山东荣成人。1967年中学毕业。历任青岛卷烟厂工人，青岛市文化局编辑、编剧及戏曲研究室副主任、主任，青岛市艺术研究所所长，市文联副主席、主席。曾任山东省作家协会副主席、省第十届政协委员。著有诗集《金色的航线》《船台涛声》《五色草》《风流歌》《纪宇朗诵诗》等。《风流歌》获泰山文艺奖。

黄河之魂

不登泰山，不知泰山的险峻，
“一览众山小”，才理解泰山的精神；
不临黄河，不知黄河的深沉，
“青山遮不住”，告诉我黄河有灵魂。
黄河哟，黄河，你从哪里起身，
发源于巴颜喀拉，在九省区飞奔？
黄河哟，黄河，你在何处消隐，

猛扑进莱州湾里，激起雷鸣阵阵？
人们都说你是摇篮，你是母亲，
要写你，要唱你，却使我思绪缤纷……

盛春四月，为唱黄河我来黄河之滨，
要触摸中国这颗怦怦跳动的心。
到梁山泊，雄风扑面作我汗巾，
进东平湖，碧水入怀洗我征尘。
菏泽牡丹美，姹红嫣紫如霞似锦，
黄河鲤鱼肥，金翅银鳞要跳龙门。
看大堤上，柳条细嫩，杨树清新，
在漫天黄沙中洇开一团团绿荫；
望大堤外，桃花灼灼，杏花殷殷，
在片片白云里染出一朵朵红云。

这就是黄河吗？看她此刻多么温顺，
流着一河诗情也流着一河黄金
这就是黄河吗？瞧她现在如此安分，
托起古老风帆也托起新造河轮。
我一路奔走观察，一路开动脑筋，
写黄河，怎样才能写出黄河的神韵？
黄河哟，我喝着你的乳汁长大成人，
我的诗，应该像你的潮头激荡风云；
黄河哟，我们都是你养育的儿孙，

要对你的功和过进行公正的评论。

当然，我不只是诗人在河畔行吟，
我来寻找，寻找中华民族的根。
“黄河之水天上来”呵，天高万仞，
这“天”，自然不是指银河的星辰；
“奔流到海不复回”呵，海深千寻，
这“海”，我想她的含义应该引申。
黄河不是河，是历史的大路呵，
每一朵浪花都是开拓者的脚印。
站在古老的黄河边我何等的感奋，
顿时，天地鬼神人都汇拢在我一心：

盘古开天地，结束无边的混沌，
那时有没有黄河，容纳百川而成自身？
燧人氏钻木取火，出现原始的烟村，
在陶罐里歌唱的，该是黄河的涛音？
夸父追日，可曾追到黄河岸边，
为什么不痛饮河水，解除渴困？
大禹治水，曾三过家门不入门，
用怎样的神斧劈出三门峡的奇峻？
中国悠久的历史，古老的文明呵，
是黄河滔滔不绝的流水在滋润……

黄河这样慷慨而又这样放任，
一朝决口，把千万亩农田顷刻鲸吞；
黄河那样慈善而又那样残忍，
随意改道，将无数村舍毁于一瞬。
多少人面对这条喜怒无常的大河，
不知应该对她表示爱还是恨；
仿佛看见拖儿带女，四处逃荒的灾民，
仿佛听到母啼子哭，裂人肺腑的哀音。
黄河哟，莫非你要永远这样泥沙含混，
黄河哟，难道你会千古浪荡利害不分？

如今，一处处险工，一处处壁垒严阵，
纵有八千里雷霆，也会立得安稳；
此刻，一座座大坝，一座座泰山横陈，
袭来九万里风暴，也能站住脚跟！
要排沙，要泄洪，威力千钧，
能发电，能灌溉，造福于民。
唱起船夫曲，我呼唤那骁勇的船夫，
应声回答我的却是汽笛的嗓音。
敬礼，挖泥船上四季奋战的晨昏，
敬礼，观测站里昼夜不眠的辛勤！

三月三，他们在睡梦中也注视凌情，
九月九，他们上河堤去迎战秋汛。

冰块涌来之日，每时每刻都揪心，
山洪暴发之时，每分每秒不离身。
这里有沙袋，这里有石块，这里有梁檩……
河水增一分，大堤长三寸；
这里有意志，这里有干劲，这里有决心……
险情猛如虎，自有伏虎人。
风在吼，涛在叫："堤毁人亡"，
灯在闪，人在喊："人存堤存！"

可一旦要分洪，保铁路，保京津，
他们就亲手破堤把洪水牵引。
哪怕家淹成一片汪洋，漂几根草棍，
为了保帅丢车，不怨黄水不尤人，
哪怕地淤成百里荒沙，扬七尺烟尘，
坚信干则能变，柳暗花明又一村。
俗话说："不到黄河不死心"，
到了黄河，才知黄河儿女最坚韧；
老话讲："哪里黄土不埋人"，
纵然树千丈，黄叶落下还归根。

黄河哟，黄河，什么是你的胸襟？
你为什么有时沉迷，有时又骄矜？
黄河哟，黄河，什么是你的灵魂？
你为什么那样狂放，又那样自信？

是因为你哺育出黄巢、李自成式的伟丈夫
还是因为你有李清照、辛弃疾样的大词人？
“生当作人杰”，我把它当作修身之本，
“死亦为鬼雄”，我将它视为千古遗训！
黄河，黄河，你是强者的河哟，
载着我黄金般的理想把金黄的梦境追寻……

在孙口，我回忆起解放战争的风云，
黄河曾哗哗大笑着迎接刘邓大军：
在东阿，我漫步在这阿胶之镇，
想阿胶红杏出墙，何时满园皆春？
在惠民，我思索黄河大惠于民，
人们的衣食住行与她难离难分；
在东营，我参观这座石油新城，
地下原油和心中激情同时飞喷。
在利津，我骑着军马追风逐云，
高高的钻塔又引起我诗的思忖——

远眺黄河入海口，一望无际宽广无垠，
胜利油田，飞出一个个胜利的喜讯：
五号桩前，多少次苦干身披夜雨潇潇，
钻井台上，无数回拼抢面对寒风凛凛！
我赞美水利英雄用意志堵住决口，
更要歌唱石油豪杰用生命制服井喷！

“一部艰苦创业史”，这是祖国的赞誉，
“百万改天换地人”，这是历史的结论！
黄河哟，你像血液流进我的周身，
我把民族自强的精神看成黄河之魂！

不在奋斗中崛起，就在犹疑中沉沦，
不敢拼搏的，就不是黄河养育的儿孙：
不凭一时冲动，不靠上帝天神，
真正的勇士，要真正主宰自己的命运！
黄河哟，黄河，纵然九曲也东流，
勇士呵，勇士，即便百折不灰心！
在殊死的战斗中体会胜利的欢欣，
在苦涩的汗水里萌出生活的芳芬！
我爱这截不断、打不烂的黄河之魂呵，
我欢呼拦不停、挡不住的历史车轮！

不登泰山，不知登山的劳顿，
登上泰山，才懂得为什么他是五岳之尊；
不临黄河，不知治黄的艰辛，
来到黄河，才明白为什么她能包容古今。
黄河哟，黄河，你从哪里起身？
发源于远古洪荒，哺育着炎黄后人；
黄河哟，黄河，你在何处消隐？
入海在未来时代，腾飞于世界之林。

呵，黄河是巨龙，头迎红日，尾扫流云，
巨龙腾空，举世仰头，看中华之魂！

葛洲坝远眺

真不愧万里长江第一坝，
横江而出，分明移来泰山一架！
我登临坝顶纵目望下，
群山低，长江窄，好一幅图画：

江鸥在我脚下随意飞旋，
云朵在我身边伸手可抓，
却看不清人在操作，汗在飞洒，
听不见机器吼叫，江涛喧哗。

那一方连着一方的水泥铸块，
似玩具积木的砖和瓦；
那一辆接着一辆的载重卡车，
像缓缓移动的火柴匣。

站在这坝顶使身心健旺，
软弱的人也会感到精神焕发。
天地仿佛越来越狭小，

我感到人的骄傲，人的伟大！

说什么大禹鬼斧神工治理黄河，
赞什么神女兵书宝剑疏通三峡，
那都是古老的意愿，先人的梦想，
是代代相传却不能实现的神话。

只有人民的力量能腰斩大江，
向四野送去雪白的浪花——
开在工厂，开在学校，开在山洼，
送去光，送去热，送去繁华。

江水载着我的思绪流向远方，
冲开我胸中诗情的闸：
在风雪里，在汗雨里，在泥泞里，
让我的诗句为建设者捧上一杯热茶！

莲鹤方壶

瞻仰过几番青铜宝库，
凝视过多少青铜文物。
有的已慢慢淡忘，
沉淀在记忆深处；

有的却始终记着，
常常从心海浮出。
啊，莲鹤方壶，
人间至宝，信息丰富。
一见钟情，使我折服，
此生此世，铭记肺腑。

双瓣的莲花拥簇，
展翅的仙鹤飞舞；
那莲花似在碧湖绽开，
那仙鹤像在云中蹈步。
宝物中的宝物，
明珠里的明珠。
你使我痴迷忘返，
面对你心智开悟。
春秋时期能工巧匠，
虎足龙耳，神工鬼斧。

莲花，莲花，开自哪里？
瑞鹤，瑞鹤，为谁起舞？
是社会在进行变革，
潜移默化，灵感浇铸。
遥想那是春秋中期，
孔子还未诞生，

《诗经》尚未成书。
先前惯用饕餮之纹，
突出表现狰狞恐怖；
统治者淫威如焰如火，
威吓奴隶任权势摆布。

鼎，多带骇人之纹，
簋，常摆帝王之谱；
卣，造型食人之虎，
豆，绘描狩猎之图。
青铜兽面凄厉之美，
正是那个时代产物。
器物从来象征地位，
是不可篡越之礼数。
青铜名金，又叫吉金，
本是帝王将相专属。
奴隶平民无缘一见，
不过使些瓦罐泥壶。

为时代转折歌唱之壶，
为历史发展作证之舞。
瑞鹤不再远飞，
昂首壶的顶部；
莲花盛开不败，

千年仍然勃舒。
亭亭玉立数千年，
成就人间真正艺术。

郭老曾为方壶赋诗，
称赞鹤跳转折之舞；
奴隶制度似幕将落，
封建社会如日之出。
两个历史阶段交替，
你是最佳最美证物。
我歌莲鹤方壶，
跳出人类转折之舞；
我颂莲鹤方壶，
天下一切壶之翘楚！

四羊方尊

国宝里不争的第一方尊，
艺术中的至美至纯至真。
呜呼，四羊方尊，
尊字称呼，恰如其分。
尊字是为你而创，
你是尊字的化身；

哦，你是最奇最特之铜器，
哦，你是最大最美的方尊。

酋为尊之头颅，
酋长是部落的头人；
寸高亦为台座，
座上摆祭祀供品。
尊天、尊地、尊神，
尊君、尊祖、尊亲。
尊是人类文明之始，
尊是天地本善延伸。

四个羊头翘望四方，
看天下，四方风云；
四个龙首甘为陪衬，
羊为祥，祥为彩云。
撑开大大的方形巨腭，
将日月星辰一口鲸吞。
好，我为你大声叫好，
横空出世，先声夺人！

用尊盛酒吗，这一尊酒，
能醉倒八方鬼神；
用尊祭祀吗，这套仪式，

会感动天地神人。
看其造型何其宏阔，
想其铸模缛节繁文；
叹古贤的聪明才智，
真让今人无法置信！

四羊身优美融合，
四身凝汇成一身；
四羊头美轮美奂，
四面风光都揽尽。
通体回形纹饰富丽，
鳞纹、凤纹、夔纹。
说什么推“陈”出“新”，
成语在方尊面前失音；
这“陈”是千秋高峰，
这“新”是万古常新！

杜甫说：造化钟神秀，
四羊，灵秀超越鬼神；
杜诗说：阴阳割昏晓，
方尊，昏晓和谐圆润。
问四羊来自何处，
莫非出自梦的园林；
跑过原野和丘陵，

成为艺术史上专论。

尊，四羊方尊的年代，
更使我思绪翻滚：
那是个太遥远的过去，
还是整个人类的早晨。
那个“夏”，不是说夏天，
那个“商”，不是指商人。
在夏商周老三代，
文明在艰难地前进。
商时田园，刀耕火种，
商时围猎，箭镞木棍；
开矿炼铜的熊熊大火，
烧红西天，如血流云。

哦，四羊方尊，
造型之尊，艺启后人；
哦，四羊方尊，
纹饰之尊，精美绝伦。
哦，四羊方尊，
万尊之尊，惊泣鬼神；
哦，四羊方尊，
文物之尊，国宝极品。
你是骨、是血、是肉，

殷商祖先，影像遗存。
你是人类文化瑰宝，
敢称中华青铜之魂！

再写四羊方尊

中国青铜，
此为至尊。
超级国宝，
极度精神。
商晚时制，
美奂美轮。
超越时空，
盛世现身。

羊站四角，
头颈匀称。
沿饰蕉叶，
纹是回文。
羊身形隐，
广口方唇。
四龙居中，
盘旋在身。

远观近看，
极富神韵。
范模浇铸，
焊接有痕。
揣摩扉棱，
全是空心。
气势非凡，
庄重沉稳。

棱扉中空，
工艺超群；
节铜减重，
构思绝伦。
形制巨大，
数百公斤。
何等国力，
让人思忖。

羊即是祥，
四祥佑君。
普天之下，
率土之滨。
东西南北，

百毒不侵。
祭天祀地，
万古长春。

少说顶尖，
莫言孤品：
国博有藏，
小我十分。
破碎修补，
描画饰纹。
世世代代，
佑庇子孙。

食指的诗

食指（1948—　　），原名郭路生，山东鱼台人。高中毕业。1969年赴山西汾阳杏花村插队务农，1971年应征入伍，任舟山警备区战士。1973年退伍，同年患病住院。1975年任北京光电研究所研究人员。著有诗集《相信未来》《食指·黑大春现代抒情诗合集》《诗探索金库·食指卷》等。曾获第三届人民文学奖诗歌奖。

相信未来

当蜘蛛网无情地查封了我的炉台，
当灰烬的余烟叹息着贫困的悲哀，
我依然固执地铺平失望的灰烬，
用美丽的雪花写下：相信未来。

当我的紫葡萄化为深秋的露水，
当我的鲜花依偎在别人的情怀，
我依然固执地用凝霜的枯藤，

在凄凉的大地上写下：相信未来。

我要用手指那涌向天边的排浪，
我要用手掌那托住太阳的大海，
摇曳着曙光那枝温暖漂亮的笔杆，
用孩子的笔体写下：相信未来。

我之所以坚定地相信未来，
是我相信未来人们的眼睛——
她有拨开历史风尘的睫毛，
她有看透岁月篇章的瞳孔。

不管人们对于我们腐烂的皮肉，
那些迷途的惆怅、失败的苦痛
是寄予感动的热泪、深切的同情，
还是给以轻蔑的微笑、辛辣的嘲讽。

我坚信人们对于我们的脊骨，
那无数次的探索、迷途、失败和成功，
一定会给予热情、客观、公正的评定，
是的，我焦急地等待着他们的评定。

朋友，坚定地相信未来吧，
相信不屈不挠的努力，

相信战胜死亡的年轻，
相信未来，热爱生命。

热爱生命

也许我瘦弱的身躯像攀附的葛藤，
把握不住自己命运的前程，
那请在凄风苦雨中听我的声音，
仍在反复地低语：热爱生命。

也许经过人生激烈的搏斗后，
我死得比那湖水还要平静。
那请去墓地寻找我的碑文，
上面仍刻着：热爱生命。

我下决心：用痛苦来做砝码，
我有信心：以人生去做天秤。
我要称出一个人生命的价值，
要后代以我为榜样：热爱生命。

的确，我十分珍爱属于我的
那条曲曲弯弯的荒槽野径，
正是通过这条曲折的小路，

我才认识到如此艰辛的人生。

我流浪儿般的赤着双脚走来，
深感到途程上顽石棱角的坚硬，
再加上那一丛丛拦路的荆棘
使我每一步都留下一道血痕。

我乞丐似的光着脊背走去，
深知道冬天风雪中的饥饿寒冷，
和夏天毒日头烈火一般的灼热，
这使我百倍地珍惜每一丝温情。

但我有着向旧势力挑战的个性，
虽是历经挫败，我绝不轻从。
我能顽强地活着，活到现在，
就在于：相信未来，热爱生命。

冬日的阳光

——给寒乐

你是否感受到了冬日的阳光
我可早已嗅到了她的芬芳
在经烘晒变暖的新鲜空气里

在吸足了阳光后略带糊香的衣被上

你可注意到冬天阳光的颜色
浅浅白白地加上稍许的鹅黄
哈气成冰的季节里就这点暖色调
透着严寒中人们的祈盼和希望

可得好好珍惜这暖暖的冬阳
外出走走，享受这难得的时光
让阳光晒出的好心情随鸽群放飞
鸽铃声牵带出心中的笑声朗朗

淡淡的冬日的阳光不躁动小张狂
独坐在家中品杯茶是乐事一桩
悠闲清静中不妨读上几页书
累了，便合上书本闭目遐想

“冬天到了，春天还会远吗？”
品味着诗句微微睁开双眼
发觉暖暖的淡淡的冬日的阳光
已经悄悄地退出了朝南的门窗

家

五十多岁方有的家。

——给寒乐

雪夜归来，开了门，家中暖融融
拉开灯，光线很柔和，心头一明
拍打去身上的积雪，脱掉外衣裤
感到外衣罩裤上寒气很重

老伴忙着用电热水壶烧开水
我感到冻僵的脚趾尖火辣辣的有点疼
但换上在家穿的棉靴后，很宽松
走了几步，点上烟，才在沙发上坐定

直到水壶有了甜滋滋的响声
觉身上发热，我想脸一定通红
夹烟的冰凉的指尖有点发痒
暖意使疲惫的我，一动都不想动

水烧开了，老伴为我沏好茶

我专注着茶叶在杯中起伏飘零
心随叶片一片一片地沉下去
房间内只有钟表嗒嗒的响声……

多好的心灵滋养和体力康复
我深感到劳累后彻底地放松
掐灭烫手的烟头，喝上一口茶
从里到外，透着自在从容

已不再记得寒风中的瑟瑟发抖
也不回想雪夜里的摸索独行
暖暖的家中品着茶，
却分明在听
窗外一阵阵呼啸而过的寒风

六十花甲

远远地离了，童年的欢笑，
渐渐地去了，青春的喧嚣。
两鬓斑白时守着乡村，
守着远山近月，静悄悄……

五谷杂粮，青菜辣椒，

不饥不寒中不依不靠。
辨而不争，察而不激，
直立而不胜，且温润不燥。

烟确实抽得很凶，
茶依然沏得很浓——
从容面对时下的纷扰，
静静读书，默默思考。

最爱黄昏在村头随意漫步，
郊野邻村，一层薄雾缠绕。
沉沉心事不觉间随夕阳坠落，
余下的，被晚风吹散，成淡写轻描……

叶延滨的诗

叶延滨（1948— ），黑龙江哈尔滨人。1982年毕业于北京广播学院。历任《星星诗刊》编辑、主编，四川作家协会主席团委员、诗歌委员会副主任，《当代杂文报》副总编辑，北京广播学院文学艺术系主任，《诗刊》社主编。中国作家协会全委会委员。长诗《干妈》获全国中青年诗人优秀新诗奖（1979—1980），诗集《二重奏》获第三届全国优秀新诗（诗集）奖（1985—1986）。

沧桑

花瓢虫从手臂上爬过
于是那座山就拖回来了

泉水有一滴溅在眉梢
于是那夜晚就蓝起来了

风儿有一丝扯动了铃声

于是雁又驮上秋远走他乡了

沧桑，附在灵魂上的千年虫!

像冬季一样堆积的忧郁
初春的笑靥一闪也就消失了

像山洪一样倾泻的热情在那儿
只剩下了些无温度的卵石

把卵石和眼泪一起倒进模架里
这个城市在水泥柱里成长了

沧桑，附在灵魂上的千年虫！！

人的歌声越来越低了淡了
像草丛中吟哦的虫鸣

天清月朗是散步的夜晚
没有虫鸣也没有萤火的小道短了

从工厂买来的草坪守候小道
绿得像专门微笑的侍者了

沧桑，附在灵魂上的千年虫！！！

唐朝的秋蝉和宋朝的蟋蟀

唐朝来的秋蝉
不太讲究平仄，它毕竟不是
李白，李白只有一个而唐朝的秋蝉
很多，很多的秋蝉
就让天地间高唱前朝盛世调
冰河铁骑兮大河孤烟
四方来朝兮长安梦华
啊，风光过的蝉是在用歌唱
为那个盛夏而唱
气韵还好，气长气短仍然高声唱
只是毕竟秋了
秋蝉的歌，高亢而渐凉

宋朝的蟋蟀无颜
北宋无院
南宋的无庭
无院无庭的蟋蟀躲在墙根下
也要哼哼，也要叽叽
丢掉江山的宋朝也哼哼叽叽

忙着为歌女们填词
难怪躲进墙根的蟋蟀也要唱
小声小气
长一句再短一句
虽是声轻气弱
却让闺中人和守空房的美人
失眠，然后在蟋蟀的抚慰里
长出美女作家，凄凄切切烈烈！

唐去也，唐蝉也远了
宋去也，蟋蟀也远了
无蝉也无蟋蟀的现代都市
只有不知从哪儿来的风
吹弹着水泥楼间电话线的弦
请拨唐的电话，请拨宋的电话——
忙音！忙音！忙音！……

野草莓

——少年记事

被春水多情吻过
郊外小溪两侧的绿茵中
嘟起一个个红润的唇

“那是青蛇爬过留下的蛇浆果！”
大人们警告我们的舌头
因为我们是保育院里的孩子
就像寓言中对男孩指着的姑娘说
那是一只鹅……

被乡下的孩子摘了，配上绿草
编织成金鱼的双眼也变成青蛙的双眼
逗红了保育院孩子们睁大的眼睛

小溪就在保育院的花墙外
春天就在保育院的花墙外
乡下孩子说“这里关着一群傻孩子！”
没看见我们有爸我们有妈
阿姨脸上全是冬天的冰挂……

从花墙孔向外伸出一只小手
从花墙孔向里伸进一只小手
天使看得见这两只手

一个手心里有一颗牛奶糖
一个手心里有两只野草莓
晚上有两个梦都是春天的故事

春天的野草莓长满了幼儿园的教室……
春天的牛奶糖结满了蚕豆每个豆荚……

郊外小溪的野草莓
吻过我童年的梦
春天当过我的小新娘！

大唐的骨头

秦川八百里从东走到西
挂在嘴上的故事都是大唐的

乌鸦做巢的老树是大唐的
小狗撒尿的石碑座是大唐的
海碗里的羊肉汤泡着的馍也是大唐的
老汉二两酒下肚吼出来的秦腔也是大唐的
华清池那干裂了的老汤池是大唐的
曾经泡酥杨贵妃，也泡酥大唐广袤疆土……
碑林里的墨宝最值钱的还是大唐的
政绩刻在石头上，江山卖与谁家当收藏……
李白的诗为证，能换酒的都换酒了
杜甫的诗为凭，能熬汤的都熬汤了
只剩下一副曾经励精图治的骨头

丢在这远离大唐的地方

华山，大唐的骨头
这副铮铮傲骨让人相信有个了不起的岁月叫唐朝

与自己面对面坐下

与自己面对面坐下
没有茶，让眼睛对眼睛
让一条叫作回忆的虫子
钻进心最深的那个洞
是啊，那里有生命的年轮
一张加密的记录盘

生命其实就是一棵树
树叶让人们看到了
树叶是一生努力和尽职的记录册页
花朵让人们欣赏了
花朵是成功与幸运的奖牌
多一点，少一点
其实花朵与枯叶都最后从枝叶上飘落
神马都是浮云
云雨风雷都是树的命运

写入那年轮的波纹密码

不说年轮，与自己面对面
仰首望天，最远的是星星
最近的是露水，是哪一颗星星的泪水？
低头看地，是流水是土地
是土地下那些让你的根受苦的顽石
别再说它们是敌人
石头让根系牢稳石头证明了树的分量
石头有多顽固啊树冠就有多宽大
沙粒很随和很轻柔
流沙上不长树连草都没有！

与自己面对面坐下——
心气朝上，根系朝下
命运向右，生活向左

林莽的诗

林莽（1949—　　），原名张建中，河北徐水人。1968 年于北京中学毕业，到河北白洋淀插队。是“白洋淀诗歌群落”的主要成员。曾在北京市第八十七中学和北京经济学院任教，1992 年到中国作家协会中华文学基金会文学部工作，1998 年到《诗刊》社工作。现为《诗刊》社编委。著有诗集《我流过这片土地》《林莽的诗》《永恒的瞬间》《林莽短诗选》《林莽诗选》。

银饰

镂空的枝叶的环
银光与容颜相映的闪动
雨后的微风　在鬓发隐约之间
在飘流的音乐与语言之间

温润光滑的缎子
平静而舒缓地波动

一座波光中的桥
一片浓荫下的寂静
夕阳中归巢的鸟群
就那样地飞远了
远得再也看不见了
弥漫的花香　仿佛消散的钟声

一只镂空的银耳环
在琴声幽暗的弦上
闪动月色的光芒
那熟悉的声音
渐渐沉于睡眠的波浪

在另一种边缘
长笛的声音在飘
飘在激流之后的暖流上

我们还有许多事情没有完成

我在一个密闭的飞行器中飞行
穿越那么多熟悉的地名
隔着岁月与时空
它们都曾在古老的书本中

我飞越那片世界上最大的草原
我在万米高空中越过乌拉尔山脉的主峰
我追赶太阳　从东向西
我们还有许多事情没有完成

我们还有许多事情没有完成
在一万米的高空下
有一只蚂蚁在搬运它过冬的粮食
有一只鸟儿焦急地寻找它失散的伴侣
有一头牛在为它的孩子进行第一次哺乳
我们已经经历了很多
但我们还有许多事情没有完成

在一万米高空中我读保罗·策兰
我知道我读的并不是他
他距我的距离很近　距我的设想很远
我们都是在寻找语言的归属
我们在各自的空间里神秘地飞行
但我们还有许多事情没有完成

再临秋风

那簇黄色的花在风中不停地摆动
阳光灿烂　已是初秋

这几日内心变得豁然
这几日我告别了最亲近的人
面对死亡　人世淡漠
生命再次感到了高远的秋天

不学庄子鼓盆而歌
不学庄子幻化蝴蝶
我静静地写下几行文字
在字里行间寻找内在的亲情
泪水潸然而下

生命中失去的不仅仅是时间

秋阳把房屋的影子掷在大地上
一簇黄色的花在风中不停地摆动
我用文字记下那些最珍贵的亲情

乡村的孩子是不畏惧昆虫的

乡村的孩子是不怕昆虫的
但讨厌苍蝇和蚊子
也稍有些忌惮壁虎和蝎子
它们一个隐秘　暗藏着毒针
一个飞檐走壁　快捷而神速
断了的尾巴还会不停地抽搐着扭动

憎恶行动迟缓的癞蛤蟆
当然　不是相信它想吃天鹅肉
丑陋　是引发孩子们本能的冲动
攻击某些事物的缘由

而那些清晨爬在窗棂上的小蜘蛛
它们有的像小黑豆有的像
用细长的八只脚高高地撑着一颗
棕红色的半透明的小水珠

记得奶奶总是轻轻地将它们
吹到窗外的小树上记不清她说
清晨的蜘蛛是来报喜的还是送财的

简朴的生活中会生出许多愿望
对那些民间的传说我心存敬重

是的我们自己内心的希求
更需要用心去呵护

潮汐

不只是大海才有往复的潮汐
宇宙深处的粒子波
我们体内不断涌动的血流
潮汐　遍布于无垠的世界

那些可见的潮汐是壮观的
而隐含的　内在的潮汐呢

一个心灵的流浪者
在十字街口期待着引领者的脚步
一只小小的昆虫
用声呐寻找到了群体的呼应

一个风平浪静的午后
一只坠落水面的红蜻蜓

它挣扎的震动波引来了一条乌鱼
它猛地吞下了这意料之外的猎物
它的跃动激起了一片水花
涟漪扩散　撞上枯荷与芦苇的茎秆
破碎　重组　交汇　隐身

在一片空白的背后
这个世界并未归于平静

芒克的诗

芒克（1950—　　）原名姜世伟，辽宁沈阳人。1964 年考入北京三中。1969 年与同学多多、根子等同赴河北白洋淀插队。1976 年被招工进北京造纸一厂。1978 年底与北岛互赠笔名，油印诗集《心事》，并一起创办文学刊物《今天》。1982 至 1984 年在北京复兴医院做临时工。后又做过多种临时工作。著有诗集《阳光中的向日葵》《芒克诗选》《今天是哪一天》等。

阳光中的向日葵

你看到了吗
你看到阳光中的那棵向日葵了吗
你看它，它没有低下头
而是把头转向身后
它把头转了过去
就好像是为了一口咬断
那套在它脖子上的

那牵在太阳手中的绳索

你看到了吗
你看到那棵昂着头
怒视着太阳的向日葵了吗
它的头几乎已把太阳遮住
它的头即使是在没有太阳的时候
也依然在闪耀着光芒

你看到那棵向日葵了吗
你应该走近它
你走近它便会发现
它脚下的那片泥土
每抓起一把
都一定会攥出血来

春天

太阳把它的血液
输给了垂危的大地
它使大地的躯体里
开始流动阳光
也使那些死者的骨头

长出绿色的枝叶
你听，你听见了吗
那从死者骨头里伸出的枝叶
在把花的酒杯碰得叮当响

这是春天

晚年

墙壁已爬满皱纹
墙壁就如同一面镜子
一个老人从中看到一位老人
屋子里静悄悄的。没有钟
听不到嘀嗒声。屋子里
静悄悄的。但是那位老人
他却似乎一直在倾听什么
也许，人活到了这般年岁
就能够听到——时间
——他就像是个屠夫
在暗地里不停地磨刀子的声音
他似乎一直在倾听着什么
他在听着什么
他到底听到了什么

爱人

假如你的躯体
已还原于小小的黄土一堆
那我仍然愿意像当初一样
躺在你隆起的怀里
我愿意变成阳光
并为你制作成皮肤
我愿意与你悄悄地融为一体

假如你的躯体
已变成春天的土地
那我愿意让自己
失去形体融化成水
我愿意让你把我吮吸得干干净净
那样我全部的感情
就会浸透你全部的身体

旧梦（十一）

雪花，雪花

雪花是飘在你的梦里
你的梦里，没有人走来
没有人留下脚印，只有一颗心
像你打着的灯笼，孤零零
雪花，雪花
这雪下得真大呀
不一会儿工夫
它就把大地给覆盖住了
但却唯独掩埋不住你的心
因为，你的心一直是火热的
一直在等待着爱人的归来
你的心就像你打着的灯笼
你的心在把那条道路照亮

多多的诗

多多（1951—　　），原名栗世征，北京人。1967 年初中毕业。1969 年到河北白洋淀插队。1980 年开始在《农民日报》工作。后旅居荷兰十四年。2004 年被聘为海南大学人文传播学院教授，2010 年被邀请到中国人民大学做驻校诗人。2004 年获第三届华语文学传媒大奖年度诗人奖、2010 年获纽斯塔特国际文学奖。著有诗集《阿姆斯特丹的河流》《行礼：诗 38 首》等。

春之舞

雪锹铲平了冬天的额头
树木
我听到你嘹亮的声音

我听到滴水声，一阵化雪的激动：
太阳的光芒像出炉的钢水倒进田野
它的光线从巨鸟展开双翼的方向投来

巨蟒，在卵石堆上摔打肉体
窗框，像酗酒大兵的嗓子在燃烧
我听到大海在铁皮屋顶上的喧嚣

啊，寂静
我在忘记你雪白的屋顶
从一阵散雪的风中，我曾得到过一阵疼痛

当田野强烈地肯定着爱情
我推拒春天的喊声
淹没在栗子滚下坡的巨流中

我怕我的心啊
我在喊：我怕我的心啊
会由于快乐，而变得无用！

阿姆斯特丹的河流

十一月入夜的城市
唯有阿姆斯特丹的河流

突然

我家树上的橘子
在秋风中晃动

我关上窗户，也没有用
河流倒流，也没有用
那镶满珍珠的太阳，升起来了

也没有用
鸽群像铁屑散落
没有男孩子的街道突然显得空阔

秋雨过后
那爬满蜗牛的屋顶
——我的祖国

从阿姆斯特丹的河上，缓缓驶过……

九月

九月，盲人抚摸麦浪前行，荞麦
发出寓言中的清香
——二十年前的天空

滑过读书少年的侧影
开窗我就望见，树木伫立
背诵记忆：林中有一块空地
揉碎的花瓣纷纷散落
在主人的脸上找到了永恒的安息地
一阵催我鞠躬的旧风
九月的云朵，已变为肥堆
暴风雨到来前的阴暗，在处理天空
用擦泪的手巾遮着
母亲低首割草，众裁缝埋头工作
我在傍晚读过的书
再次化为黑沉沉的土地……

我的女儿

我女儿有圆圆的额头
适宜照亮玉米
我的过往在她的额头上闪耀
在麦田急速后退时
玉米遇到坡，便更为密集

于是从教堂门缝我再次看到田野
当麦子的祈祷声此起彼伏

女儿便走得快，走得急
走过我含泪注视的土地
把一个孩子如烟的痕迹抹去

于是我把我的黄昏锁在屋里
任金色麦粒从指缝漏掉
一个永远在笑的婴儿
便要我把对云说过的话再说一次
礼拜天的空旷便朝此刻涌来

过往已流进年龄又溢出岁月
每颗星星都在光的收益中隐去
于是，从喜悦的金色话筒

传来另一个星球的声音：“爸爸，
光芒是记忆，不是再现。”

于是，又一高地从女儿额上隆起

从这目光与目光的轮唱

我只看到你的水晶身体
里面，有一对金鱼

我们的无限往日
被冰山——亿万年前的新娘

看守着，照料着
已经与快乐的无梦在一起

从这目光与星光的轮唱

水晶哗哗作响
我们生命草坪的又一季

已经与不动的舞者在一起
透出合唱的余晖

一个剧场已被锯开
就把它当心吧

我仍在安抚金鱼
一把摔碎的琴仍在鸣响：

我是你的母亲……

贺东久的诗

贺东久（1951—　　），安徽宿松人。1989 年毕业于解放军艺术学院文学系。1969 年应征入伍，历任战士、文书、干事，南京军区前线歌舞团创作员，中国人民解放军总政治部歌舞团创作员、国家一级编剧。曾任中国音乐文学学会副主席。著有诗集《带刺刀的爱神》《相思林》《暗示》等；著有歌词《中国，中国，鲜红的太阳永不落》《莫愁啊莫愁》《边关军魂》等。

这里，驻守着三个士兵

在几乎与星月平行
暴雨和烈风
经常光顾的地方
驻守着三个士兵
他们
像一具三脚架
又像一具独弦琴

终年　只能听见
电话铃和海潮共振
接着　再接着
便是无边的寂寞和冷清

三个现代的鲁滨逊
还是三个现代的苦行僧？
不！生活对于他们
不是漂流
不是宗教的虔诚
当踏上这远离大陆的
小岛的刹那
他们便清醒地懂得
这是一种义务
为了祖国和人民

我妒忌，但不叹息……

年年交军衣
年年领军衣
四号　还是四号
窗外的青杨又长高了

真叫人妒忌……

我渴望自己
能穿上一号征衣
有长江粗犷的线条
和苍山魁伟的躯体

这是金钱买不到的骄傲
在诗人笔下
它叫英俊
在画家眼里
它叫美丽
在初恋的情怀里
它还容易复活
斯巴达或项羽的故事……

这一切
我妒忌
但不会叹息
枪和手榴弹
却是同一个号码啊
一颗子弹般结实的心
会缩短所有的差距

“弦”上“箭”

跟儿朝里，
尖儿朝前；
炮手熟睡的床下，
解放鞋望着门槛……

床上张开的是“弓”，
床下绷紧的是“弦”，
当杀敌的警报今夜拉响，
这儿将迅猛射出支支无敌的“箭”……

炮场拔河赛

拉炮大绳紧紧捉，
你狠拽来我猛拖；
攻的能把山拉倒，
守的能将石蹬破！

急得两班助阵人，
大喊加油如涌波；

“河”中那条石灰线，
就是谁也超不过……

眼见又要赛起来，
亏得连长息“干戈”：
“莫拽断这根拉炮绳，
它是套飞贼的粗绞索！”

覆盖在硝烟之上的幽蓝

战斗间隙里点燃一支香烟，
像诗人在默默中孕育灵感，
我们在铅一样沉重的硝烟之上，
覆盖上一层淡淡的幽蓝。

大伙把香烟抽的丝丝作响，
好让风传递这浓烈的香甜，
给硝烟一个报复性的嘲讽，
用吐出的烟圈铸成的锁链。

士兵们真是些奇怪的家伙，
满脑子征服计划加满脑子刁钻，
我们吸着烟紧盯着前沿，

啊，抽烟是士兵光荣的缺点。

两分钱一支香烟也许太寒酸，
两分钱的火柴能把思想点燃，
两分钱也点燃了战火中的欢乐，
欢乐中战死不会遗憾。

今天，全世界都在呼吁戒烟，
但不知什么时候能掐灭硝烟，
凭着嘴唇上这颗燃烧的太阳，
士兵有权说：抽烟不是人类最大的危险。

舒婷的诗

舒婷（1952—　　），原名龚舒婷，福建厦门人。1972年开始在厦门铸造厂、灯泡厂当工人，1981调到福建省文联创作室从事专业创作。曾任福建省文联、作协副主席。现任厦门市文联主席。中国作家协会第六、七、八届主席团委员。诗歌《祖国，我亲爱的祖国》获全国中青年诗人优秀新诗奖（1979—1980）。诗集《双桅船》获第一届全国优秀新诗（诗集）奖（1979—1982）。

致橡树

我如果爱你——
绝不像攀援的凌霄花，
借你的高枝炫耀自己；
我如果爱你——
绝不学痴情的鸟儿，
为绿荫重复单纯的歌曲；
也不止像泉源，

常年送来清凉的慰藉；
也不止像险峰，
增加你的高度，衬托你的威仪。
甚至日光。
甚至春雨。
不，这些都还不够！
我必须是你近旁的一株木棉，
作为树的形象和你站在一起。
根，紧握在地下，
叶，相触在云里。
每一阵风过，
我们都互相致意，
但没有人
听懂我们的言语。
你有你的铜枝铁杆
像刀，像剑，
也像戟；
我有我红硕的花朵，
像沉重的叹息，
又像英勇的火炬。
我们分担寒潮、风雷、霹雳，
我们共享雾霭、流岚、虹霓；
仿佛永远分离，
却又终身相依。

这才是伟大的爱情，
坚贞就在这里：
爱——
不仅爱你伟岸的身躯，
也爱你坚持的位置，足下的土地。

祖国啊，我亲爱的祖国

我是你河边上破旧的老水车，
数百年来纺着疲惫的歌；
我是你额上熏黑的矿灯，
照你在历史的隧洞里蜗行摸索。
我是干瘪的稻穗，
是失修的路基；
是淤滩上的驳船
把纤绳深深
勒进你的肩膊，
——祖国啊！

我是贫困，
我是悲哀。
我是你祖祖辈辈，
痛苦的希望啊，

是“飞天”袖间，
千百年未落到地面的花朵，
——祖国啊！

我是你簇新的理想，
刚从神话的蛛网里挣脱；
我是你雪被下古莲的胚芽；
我是你挂着眼泪的笑窝；
我是新刷出的雪白的起跑线；
是绯红的黎明，
正在喷薄；
——祖国啊！

我是你的十亿分之一，
是你九百六十万平方的总和；
你以伤痕累累的乳房，
喂养了
迷惘的我、深思的我、沸腾的我；
那就从我的血肉之躯上
去取得
你的富饶、你的荣光、你的自由；
——祖国啊，
我亲爱的祖国！

惠安女子

野火在远方，远方
在你琥珀色的眼睛里

以古老部落的银饰
约束柔软的腰肢
幸福虽不可预期，但少女的梦
蒲公英一般徐徐落在海面上
啊，浪花无边无际

天生不爱倾诉苦难
并非苦难已经永远绝迹
当洞箫和琵琶在晚照中
唤醒普遍的忧伤
你把头巾一角轻轻咬在嘴里

这样优美地站在海天之间
令人忽略了：你的裸足
所踩过的碱滩和礁石
于是，在封面和插图中
你成为风景，成为传奇

神女峰

在向你挥舞的各色花帕中
是谁的手突然收回
紧紧捂住了自己的眼睛
当人们四散离去，谁
还站在船尾
衣裙漫飞，如翻涌不息的云
江涛
高一声
低一声

美丽的梦留下美丽的忧伤
人间天上，代代相传
但是，心
真能变成石头吗
为眺望远天的杳鹤
而错过无数次春江月明

沿着江岸
金光菊和女贞子的洪流
正煽动新的背叛

与其在悬崖上展览千年
不如在爱人肩头痛哭一晚

双桅船

雾打湿了我的双翼
可风却不容我再迟疑
岸啊，心爱的岸
昨天刚刚和你告别
今天你又在这里
明天我们将在
另一个纬度相遇

是一场风暴，一盏灯
把我们联系在一起
是一场风暴，另一盏灯
使我们再分东西
不怕天涯海角
岂在朝朝夕夕
你在我的航程上
我在你的视线里

梁小斌的诗

梁小斌（1954— ），山东荣成人。1972 年毕业于合肥市第三十二中学。1976 年参加工作，历任合肥制药厂工人、秘书，安徽人民广播电台文艺部编辑，《婚育》杂志编辑部主任等。著有诗集《少女军鼓队》《在一条伟大河流的漩涡里》；随笔集《独自成俑》《梁小斌如是说》《地洞笔记》等。《雪白的墙》获全国中青年诗人优秀新诗奖（1979—1980）。

中国，我的钥匙丢了

中国，我的钥匙丢了。

那是十多年前，
我沿着红色大街疯狂地奔跑，
我跑到了郊外的荒野上欢叫，
后来，我的钥匙丢了。

心灵，苦难的心灵，
不愿再流浪了，
我想回家，
打开抽屉、翻一翻我儿童时代的画片，
还看一看那夹在书页里的
翠绿的三叶草。

而且，
我还想打开书橱，
取出一本《海涅歌谣》，
我要去约会，
我向她举起这本书，
作为我向蓝天发出的
爱情的信号。
这一切，
这美好的一切都无法办到，
中国，我的钥匙丢了。

天，又开始下雨，
我的钥匙啊，
你躺在哪里？
我想风雨腐蚀了你，
你已经锈迹斑斑了。
不，我不那样认为，

我要顽强地寻找，
希望能把你重新找到。

太阳啊，
你看见了我的钥匙了吗？
愿你的光芒，
为它热烈地照耀。

我在这广大的田野上行走，
我沿着心灵的足迹寻找，
那一切丢失了的，
我都在认真思考。

母语

我用我们民族的母语写诗
母语中出现土地、森林
和最简单的火
有些字令我感动
但我读不出声
我是一个见过两块大陆和两种文字
相互碰撞的诗人
为了意象，我曾经忘却了我留在

沙滩上的那些图案
母语河流中的扬子鳄
不会拖走它岸边的孩子
如今，我重新指向那些图案
我还画出水在潺潺流动的模样
我不用到另一块大陆去寻找意象
还有太阳
我是民族母语中的象形文字
我活着
我写诗

又见群山如黛

又见
群山如黛

确有一道
散发松脂气息的木制栅栏
从山脚
我的脚下
向山顶延绵

扶持着那道木制栅栏

临近峰巅
我将青花围巾拴在围栏上
青花围巾里有诗
是有别针别住那张纸

猜测跳崖的前景
曾经我和青花围巾往下飘
只恐半山腰的那棵树
只接住了围巾
却漏掉了我

确有一道散发松脂气息的
木制栅栏
临近峰巅
终被置换成一堵
雕栏玉砌
它已环绕着群山如黛

观群峰如黛深意
谨防群峰一个回闪
倒映于我
心底黑色沉潭

我偎依

我扶持
我也是一根能够站住的围栏

蟋蟀与枫叶对弈

因为已经有了
依照“一叶知秋”的训令
而采摘的枫叶
已成为书签

但仍有来历不明
那枚凤头蟋蟀
蹦跳到书桌上
触碰我的书签领地

我停止阅读
得出结论
应将它捕获再说

用笔
先画出蚯蚓折骨
向蟋蟀唇边递进
为增强诱饵香味

用笔还画成米粒

所谓坚强书脊
展开硬面两翼
只要猛烈合拢
蟋蟀顷刻间变成
书签

我作出一种与阅读诀别的
姿势
深吸一口气
合上了书籍

而那张老实巴交的枫叶
仍静卧在我的阅读经验里

但蟋蟀振翼
却蹦到了窗台上
回眸向我鸣唱

至此我被迫想象
一只拒绝变为书签的蟋蟀
到底能否代表秋天

水中捞琴

庄周
业已乘鹤仙去
肯定不慎
将素琴落入水中

从此泉水叮咚
琴声在万丈深渊中
如诉

水中捞琴
或许是庄子的托付
我要成为一个水中捞琴的人

沿用细长的竹竿
探入水中
率先支起一叶小舟

难以分辨
到底是泉水叮咚
还是琴声如诉

庄周的素琴不慎
落入水中
至今仍在弹奏

我沿着溪水寻觅
逆向人生
终于消失在烟波浩渺里

猛回首
高山流水如同竖琴
竟在晴日朗照处

于坚的诗

于坚（1954—　　），四川资阳人。1984年毕业于云南大学中文系。1970年参加工作，历任工人、《云南文艺评论》编辑等。云南师范大学文学院教授、云南省作家协会副主席。著有诗集《于坚的诗》《彼何人斯》《只有大海苍茫如幕》，长诗《零档案》，诗文合集《于坚集》五卷。参加《诗刊》社第六届青春诗会。诗集《只有大海苍茫如幕》获第四届鲁迅文学奖。“第三代诗歌”代表人物。

作品39号

大街拥挤的年代
你一个人去了新疆
到开阔地走走也好
在人群中你其貌不扬
牛仔裤到底牢不牢
现在可以试一试
穿了三年半　还很新

你可还记得那一回
我们讲得那么老实
人们却沉默不语
你从来也不嘲笑我的耳朵
其实你心里清楚
我们一辈子的奋斗
就是想装得像个人
面对某些美丽的女性
我们永远不知所措
不明白自己——究竟有多憨
有一个女人来找过我
说你可惜了　凭你那嗓门
完全可以当一个男中音
有时想起你借过我的钱
我也会站在大门口
辨认那些乱糟糟的男子
我知道有一天你会回来
抱着三部中篇一瓶白酒
坐在那把四川藤椅上
演讲两个小时
仿佛全世界都在倾听
有时回头照照自己
心头一阵高兴
后来你不出声地望我一阵

夹着空酒瓶一个人回家

作品57号

我和那些雄伟的山峰一起生活过许多年头
那些山峰之外是鹰的领空
它们使我和鹰更加接近
有一回我爬上岩石垒垒的山顶
发现故乡只是一缕细细的炊烟
无数高山在奥蓝的天底下汹涌
面对千山万谷　我一声大叫
想听自己的回音　但它被风吹灭
风吹过我　吹过千千万万山岗
太阳失色　鹰翻落　山不动
我颤抖着贴紧发青的岩石
就像一根被风刮弯的白草
后来黑夜降临
群峰像一群伟大的教父
使我沉默　沿着一条月光
我走下高山
我知道一条河流最深的所在
我知道一座高山最险峻的地方
我知道沉默的力量

那些山峰造就了我
那些青铜器般的山峰
使我永远对高处怀着一种
初恋的激情
使我永远喜欢默默地攀登
喜欢大气磅礴的风景
在没有山岗的地方
我也俯视着世界

在漫长的旅途中

在漫长的旅途中
我常常看见灯光
在山岗或荒野出现
有时它们一闪而过
有时老跟着我们
像一双含情脉脉的眼睛
穿过树林跳过水塘
蓦然间　又出现在山岗那边
这些黄的小星
使黑夜的大地
显得温暖而亲切
我真想叫车子停下

朝着它们奔去
我相信任何一盏灯光
都会改变我的命运
此后我的人生
就是另外一种风景
但我只是望着这些灯光
望着它们在黑暗的大地上
一闪而过　一闪而过
沉默不语　我们的汽车飞驰
黑洞洞的车厢中
有人在我身旁熟睡

只有大海苍茫如幕

春天中
我们在渤海上
说着诗
往事和其中的含意
云向北去
船往南开
有一条出现于落日的左侧
谁指了一下
转身去看时

只有大海满面黄昏
苍茫如幕

大象

高于大地　领导亚细亚之灰
披着袍　苍茫的国王站在西双版纳和老挝边缘
丛林的后盾　造物主为它造像
赐予悲剧之面　钻石藏在忧郁的眼帘下
牙齿装饰着半轮新月　皱褶里藏着古代的贝叶文
巨蹼沉重如铅印　察看着祖先的领土
铁证般的长鼻子在左右之间磨蹭
迈过丛林时曾经唤醒潜伏在河流深处的群狮
它是失败的神啊　朝着时间的黄昏
永恒的雾在开裂　吨位解体　后退着
垂下大耳朵　尾巴上的根寻找着道路
在黑暗里一步步缩小　直到成为恒河沙数

刘立云的诗

刘立云（1954— ），江西井冈山人。1972年入伍。1982年毕业于江西大学哲学系。毕业后回江西省军区政治部任职。1985年调解放军文艺出版社工作，历任《解放军文艺》编辑部编辑、编辑部主任、主编，解放军出版社文艺图书编辑部主任，《诗刊》社主编助理（特邀）。《胸中有个天》获1996年中宣部“五个一工程”奖。诗集《烤蓝》获第五届鲁迅文学奖。

冬天是一只杯子

那么深的峡谷，那么高的悬崖
一生的沸水注入其中，也仅仅是
盈盈一握，像什么事也没有发生
澄澈，你说是一块透彻的水晶？

我是说杯子，冬天是一只杯子
我是说老人，老人是一个冬天

爱过了，恨过了，又被凄风苦雨打过了
就像李家的哥哥，看尽长安落花

而且是玻璃做的，你的眼和你的心
慈善，辽阔，仿佛一轮朗月高过天宇
那是什么样的高炉汰尽杂质？即使
訇然粉碎，也只不过意味卷土重来

啊！站在悬崖，你那么美，那么静
那么吐气如兰——我是说，同是冬天
你能失手打碎一只杯子，但你打不碎
一个老人，时间是他暗藏的秘密

义无反顾

我们与宇宙之间构成的关系
可以简单地归纳为：我们生活在一个星球上
用另外一个星球
取暖；但我们用来取暖的那颗星球
距离我们，何止十万八千里

我们生活的这颗星球，在一刻不停地
旋转，并没有人感到头晕

没有人想到我们生活在这颗巨大
而旋转的星球上，当它旋转到悬空那一面
我们生活的城市、乡村；我们居住的房屋
耕作的土地，与我们共存的
山脉、河流、海洋
荒漠、田野和庄稼；还有我们这些
卑微的如同蚂蚁般
奔忙的人，会稀里哗啦地往下掉

没有人想到我们用来取暖的那颗星球
其实是一个巨大的熊熊燃烧的火球
温度高达 6000℃
一块钢扔进去瞬间化为云烟
我们用这颗星球取暖，世界上有生命的万事万物
也用这颗星球取暖
我们与世界上有生命的万事万物
惺惺相惜，拥有相同的情怀
作为人类，我们其实也是一种燃烧体
我们每个人最终都将把自己
交给火
但被火燃烧是什么滋味？
没有人说得出来。因为被燃烧过的人
义无反顾，没有一个活着回来

一鲸落

它把死留着，就像花朵把绽放留着
鸟儿把歌唱留着；落日把漫天霞光，把一天中
最灿烂最凄美的凋谢
留着

是这样。无数比喻中，我最欣赏落日
它们一个高高在天
一个深深在海
二者可以相互印证、相互衬托和映照

事情的原委是，一头鲸死了，它死在北太平洋
最辽阔最深的海域，死在自己
最庞大的时刻
当死亡来临，它用最后的力气
缓缓沉落，如同燃烧的火炬缓缓熄灭，一架山缓缓倒塌
秋天的一片落叶缓缓飘落，不掀起大海的
一片微澜

迎接它的是万丈深渊，那儿贫瘠、荒凉、寂静
无边无际的黑暗中，饿殍遍野

接着它开始腐烂，它的肉身和骨骼
开始成为水底的一座城
一片沃野和江山
一片德沃夏克讴歌过的崭新的大陆

我歌颂这伟大的重构——一鲸落而万物生

圆明园日记

这个五月的黄昏，这些在萋萋荒草中
经过雕琢然后散落一地的石头
适合追忆也适合遐想
因此我要牢牢记住今天这个日子
我要把今天这个日子命名为
百年一遇；或者说，那漫长的期待
只是为了在此时此刻，更深地进入

你看悬在断柱上的那轮落日
多圆啊！多像一个忧伤而凄美的句号
它在宣告开始即结束
结束即开始，百年前噼噼啪啪地焚烧
惊天动地，又刻骨铭心

它让我们的手终于绕过一路的荒凉
触到了灰烬，和灰烬中的火焰

那么从头再来吧，那么坚持我们的
高贵、清洁和雄心不泯
而在一天中偿还一百年的残缺
这也足以让人惊羡和赞叹
仿佛过去的坎坷、崎岖和内心的
渴望，都是亲切的铺垫
是我们在漫漫时光中抛洒的鲜花

你说如此摧毁其实已给我们带来
深深的隐痛，也带来持久的美
持久的感伤与哀悼？但那份苦难中的爱
那石头中绽开的火焰，甚至那
火焰中的呻吟，我们都必须保存下来
就像黑夜要降临
我们必须留住天空的雷霆和闪电

是这样。这些青草，这堆灵醒的石头
这扇我们在层层石头中
艰难推开，马上又将轰隆隆关闭的门
注定要成为一代代人的记忆
一片曾熊熊燃烧的土地的记忆

因此我要记下今天这个日子
因此我要告诫自己说：一日长于百年

去看英雄山

以老兵李为圆心；老兵戴和老兵刘
分别从南昌和北京出发
我们三个人在济南举行一场英雄会

南昌是我们这支队伍诞生的地方
北京是我们这支队伍到达的地方
三个人共同在英雄城当兵，是否有些巧合？
而作为兄长的老兵李
山东高密人氏，莫言的老乡
最终落户济南；外加城里有一座英雄山
四十五年后，我们在这里聚会
它够不够成为我们相互靠拢的理由？
反正我们就靠拢了，反正在济南举行
英雄会，我们就“老夫聊发少年狂
左牵黄，右擎苍”，雄赳赳地上英雄山了

正值十月，漫山遍野的黄栌都红了
还有银杏，还有五角枫

都在争先恐后地黄，争先恐后地红
穿过层林尽染的树林，我们看见有人在恋爱
有人合着流行曲的节奏在跳舞
几个老人裸着上身在单杠上表演大回旋
让所有上山的人眼界大开，仿佛
鲁提辖别了水泊梁山
回到大明湖，接着将表演倒拔垂杨柳

英雄山在泉城济南的最中央
英雄山和山上的英雄纪念碑，像一只巨大的手
举起一只巨大的熊熊燃烧的火炬
当我们登上山顶，站在英雄纪念碑下
忽然感到自己也是熊熊燃烧的
火炬的一部分；我们站在济南的肩胛上
此时此刻，也在熊熊燃烧

当然，没有人注意到三个老兵
我们从英雄山开始
悄悄拉开了一场英雄会的序幕

翟永明的诗

翟永明（1955— ），1974 年高中毕业并下乡插队，1976 年回城。毕业于四川成都电子科技大学，曾就职于某物理研究所。1986 年离职，后专注写作。著有诗集《女人》《在一切玫瑰之上》《行间距》等。2012 年获第三十一届美国北加州图书奖翻译类图书奖。2013 年获第十三届华语文学传媒大奖杰出作家奖。2019 年获上海国际诗歌节金玉兰大奖。

母亲

无力到达的地方太多了，脚在疼痛，母亲，你没有
教会我在贪婪的朝霞中染上古老的哀愁。我的心只像你

你是我的母亲，我甚至是你的血液在黎明流出的
血泊中使你惊讶地看到你自己，你使我醒来

听到这世界的声音，你让我生下来，你让我与不幸构成

这世界的可怕的双胞胎。多年来，我已记不得今夜的哭声

那使你受孕的光芒，来得多么遥远，多么可疑，站在生与死
之间，你的眼睛拥有黑暗而进入脚底的阴影何等沉重

在你怀抱之中，我曾露出谜底似的笑容，有谁知道
你让我以童贞方式领悟一切，但我却无动于衷

我把这世界当作处女，难道我对着你发出的
爽朗的笑声没有燃烧起足够的夏季吗？没有？

我被遗弃在世上，只身一人，太阳的光线悲哀地
笼罩着我，当你俯身世界时是否知道你遗落了什么？

岁月把我放在磨子里，让我亲眼看见自己被碾碎
呵，母亲，当我终于变得沉默，你是否为之欣喜

没有人知道我是怎样不着痕迹地爱你，这秘密
来自你的一部分，我的眼睛像两个伤口痛苦地望着你

活着为了活着，我自取灭亡，以对抗亘古已久的爱
一块石头被抛弃，直到像骨髓一样风干，这世界

有了孤儿，使一切祝福暴露无遗，然而谁最清楚

凡在母亲手上站过的人，终会因诞生而死去

我策马扬鞭

我策马扬鞭　在有劲的黑夜里
雕花马鞍　在我坐骑下
四只滚滚而来的白蹄

踏上羊肠小道　落英缤纷
我是走在哪一个世纪？
哪一种生命在斗争？
宽阔邸宅　我曾经梦见：
真正的门敞开
里面刀戟排列　甲胄全身
寻找着　寻找着死去的将军

我策马扬鞭　在痉挛的冻原上
牛皮缰绳　松开昼与黄昏
我要纵横驰骋

穿过瘦削森林
近处雷电交加
远处儿童哀鸣

什么锻炼出的大斧
在我眼前挥动？
何来的鲜血染红绿色军衣？
憧憬啊，憧憬一生的战绩
号角清朗　来了他们的将士
来了黑色的统领

我策马扬鞭　在揪心的月光里
形销骨锁　我的凛凛坐骑
不改谵狂的禀性

跑过白色营帐　树影幢幢
瘦弱的男子在灯下弈棋
门帘飞起，进来了他的麾下：
敌人！敌人就在附近
哪一位垂死者年轻气盛？
今晚是多少年前的夜晚？
巨鸟的黑影　还有头盔的黑影
使我胆战心惊
迎面而来是灵魂的黑影
等待啊　等待盘中的输赢
一局未了　我的梦幻成真

一本书　一本过去时代的书

记载着这样的诗句
在静静的河面上
看啊　来了他们的长脚蚊

老虎与羚羊

半夜　有人在我耳边说：
我醒了，你们还在沉睡

世界像老虎　在梦里
追着你追着你
世界的万物都像老虎
它们一起追赶你这只
细脚踵的羚羊
永恒的天敌绝不放过你
即使在梦中　即使在虚空

早上　2021 大年初一[①]
我慢慢读着马雁的诗
细嚼慢咽地把那些词语吞下
然后拧亮台灯　打开手机显示屏

---

① 2021 大年初一，为白夜录读马雁诗有感。

那是我的面孔还是老虎的面孔？
老虎念着诗　而我动着嘴唇
她也是这样一颗一颗
吐出星星的瑰丽吗？
她也是这样被追赶着
被躯使着　被抓挠着
直至跌入黑暗？

她在黑暗中醒来
还是我在明亮中逝去？
那只老虎斜刺里冲出
抓住你　那只利爪
不！那是锋利的刀刃
刺进你的肉体
你被一缕透明的锋芒
一片一片剖开　化作光晕

星星就是这样亘古永久地
吐出一颗又一颗瑰丽

那一小句

那一小句

如快刀切物
那一小句　如青眼剪拂
白眼看天时　万物缄默不语
六道中有此种种
我不寻找　我发现

出门路上
进一院落如进城池
观一建构如观一生所遇
观众生相　如观一人
观时间如观天堂地狱
皆在人间
在更长的时间中讨论

去读天空抽象的诗行
去读转折、围合、形式、逻辑
冷冰冰的诗行
灵感、私密、魔幻、惊异的基本词汇
把情感、美、时间传达给人类

去读天空抽象的诗行
去读临水、凭轩、广观、悉见
走进得其意的空间
展开忘其形的诗句

更多的是阴影、圆缺
承载声息、默诵和屏气

零空间　零想象　零建筑
零　就是零落入泥
就是把多年的风景
换成零年的视角

那一小句
关于建筑的前世今生
有人写得精致繁冗
有人写得微言简练

当我还很小

我曾经走进母亲的衣橱
我曾经小到只占据衣橱的缝隙
我缩微成一小颗纽扣
只希望贴在她的胸前听她的心跳

我曾经拄过那根拐柱
赤身裸体靠在木架上
有东西伤害我时　我就变到很小

小到让世人看不见我
我的视力却可以观察整个宇宙

我曾经穿过那件紧身衣
它掩护我躯体的伤残
我不想勇敢　我想倒地不起
但那坚固的形状护我起身
世界不再无声　噪声迫害我
我想躲进她的耳朵里蜗居
但她却发出更大的呵斥声

如图所示　我曾浸进浴缸
温水淹没至我的头顶
一室的火星溅出窗叶
那双手把它们捧起　滋润我的眼睛
世界依然危险　当我向晚年靠近
我能否拿起笔墨　向黑暗致意
我能否写下牌子　写下地址
写下日期　然后写下：闲人免进

欧阳江河的诗

欧阳江河（1956—　　），原名江河，四川泸州人。1975年高中毕业后下乡插队，后到军队服役。1986年到四川省社科院工作。1993年曾赴美国，后居北京。曾任《今天》文学社社长。现任北京师范大学终身特聘教授。参加《诗刊》社第七届青春诗会。获华语文学传媒大奖年度诗歌奖（2010）及年度杰出作家奖（2016）、第十二届丁玲文学奖诗歌类成就奖等。

谁去谁留

黄昏，那小男孩躲在一株植物里
偷听昆虫的内脏。他实际听到的
是昆虫以外的世界：比如，机器的内脏。
落日在男孩脚下滚动有如卡车轮子，
男孩的父亲是卡车司机，
卡车卸空了
停在旷野上。

父亲走到车外，被落日的一声不吭的美惊呆了。
他挂掉响个不停的行动电话，
对男孩说：天边滚动的万事万物都有嘴唇，
但它们只对物自身说话，
只在这些话上建立耳朵和词。
男孩为否定物的耳朵而偷听了内心的耳朵。
他实际上不在听，
却意外听到了一种完全不同的听法——
那男孩发明了自己身上的聋，
他成了飞翔的、幻想的聋子。
会不会在凡人的落日后面
另有一个众声喧哗的神迹世界？
会不会另有一个人在听，另有一个落日
在沉落？
哦踉跄的天空
大地因没人接听的电话而异常安静。
机器和昆虫彼此没听见心跳，
植物也已连根拔起。
那小男孩的聋变成了梦境，秩序，乡音。
卡车开不动了
父亲在埋头修理。
而母亲怀抱落日睡了一会，只是一会，
不知天之将黑，不知老之将至。

寂静

站在冬天的橡树下我停止了歌唱
橡树遮蔽的天空像一夜大雪骤然落下
下了一夜的雪在早晨停住
曾经歌唱过的黑马没有归来
黑马的眼睛一片漆黑
黑马眼里的空旷草原积满泪水
岁月在其中黑到了尽头
狂风把黑马吹到天上
狂风把白骨吹进果实
狂风中的橡树就要被连根拔起

玫瑰

第一次凋谢后，不会再有玫瑰。
最美丽的往往也是最后的。
尖锐的火焰刺破前额，
我无法避开这来自冥界的热病
玫瑰与从前的风暴连成一片。
我知道她向往鲜艳的肉体，

但比人们所想象的更加阴郁。

往日的玫瑰泣不成声
她溢出耳朵前已经枯萎了。
正在盛开的，还能盛开多久？
玫瑰之恋痛饮过那么多情人，
如今他们衰老得像高处的杯子，
失手时感到从未有过的平静。

所有的玫瑰中被拿掉了一朵。
为了她，我将错过晚年的幽邃之火
如果我在写作，她是最痛的语言。
我写了那么多书，但什么也不能挽回
仅一个词就可以结束我的一生，
正像最初的玫瑰，使我一病多年。

老青岛

二十年前的天机神遁
哪是量子男孩掐指可算的
幽灵的眼，输入计算机也是闭上的
有手，也摸不着一灵万身的鸟群
手的茫然心事，将身外世界

变得沾染，像是灵中所见

鹤止步，这追风人的落叶纷纷啊
二十年的省略，所能企及的是谁呢?
莫奈花园：谁是你的良友和远人?
谁会在万古的天边外等着
只为看一眼一百年后的眼前人
与老青岛，是不是处在同一个此刻?

纸上的此刻，要是叠起来摞起来
会比肉身更多虚掩，也更快地变老
会交代一些从未发生的悬搁
重新改写信件，时隔多少年了啊
神不在乎量子男孩进门时是谁
只在乎他出门的时候不是谁

敲门声如盐如铁，门后面的声音
拖长了影子说：抱歉，查无此人
退信人的原址几经拆迁，落座处
原貌已非原神，一脸大海
从鱼腹深处、从空镜子往外涌出
海鸥是轻盈的，但波浪变成铁打的

苏堤春晓

晒够了太阳，天开始下雨。
第一场雨把天上的水下进西湖。

第一个破晓把春天搂在怀里。
词的花簇锦团在枝头晃动。

词的内心露出婴儿的物象，
人面桃花，被塞到苏东坡梦里。

仅仅为了梦见苏东坡，
你就按下这斗换星移的按钮吧。

但从星空回望，西湖只是
风景易容术的一部分。

西湖，这块水的屏幕
就像电视停播一样静止和空有。

有人在切换今生和来世，
有人把西湖水装进塑料瓶。

切换和去留之间，
是谁的镜像在投射？

世代积累的幽灵目光呵，
看见了存在本身的茫无所见。

词，转世去了古人的当代，
咯噔一声，安静下来。

要是人群中这道幽灵目光不是你，
苏东坡还会是一个暗喻吗？

你愿意对任何人谈起苏东坡，
甚至对没有嘴唇的树木和青草。

捉几只萤火虫放到西湖水底，
看苏东坡手上的暗喻能有多亮。

提着这只暗喻的灯笼
移步苏堤，你能走到北宋去吗？

两公里的苏堤，通向时间深处。
这词的工程：石头是从月亮搬来的。

苏东坡容许苏堤不在天上，
正如词容许物的世界幸存。

西湖被古琴之水弹断之后，
少年人，你又用何处的水弹奏？

本不是衣裳的水穿在身上，
苏小小，世界欠你一个苏东坡。

肉身中燃烧的锦绣山河，
一顿一挫，尽是烈焰的水呵。

百万只眼睛所保存的西湖水，
请把它装进一只眼睛。

因为这是苏东坡的西湖，
谁流它，它就是谁的眼泪。

而踏上苏堤之前，
你先得远走他乡，云游四海。

西湖是眼睛所盛满的最小的海。
苏堤是离天国最近的人间路。

要是你把苏堤直立起来，
或许死后能步入这片宁静的天空。

张曙光的诗

张曙光（1956—　　），黑龙江望奎人。毕业于黑龙江大学中文系，先后做过报社副刊和出版社编辑，2004 年起任教于黑龙江大学文学院。2004 年参与创办诗刊《剃须刀》，2012 年参与主编复刊后的《中国诗歌评论》丛刊。著有诗集《小丑的花格外衣》《午后的降雪》《闹鬼的房子》《看电影及其它》《电影与世纪风景》，评论随笔集《堂·吉诃德的幽灵》等。

人类的工作

用整整一个上午劈着木柴。
贮存过冬的蔬菜。
封闭好门窗，
不让一丝风雪进来。
窗前的树脱尽的美丽的叶子
我不知道它是否会因此悲哀。
土拨鼠的工作人类都得去做

还要学会长时间的等待。

责任

这一行必须重新做起
学会活着，或怎样写诗
还要保持一种高傲的孤寂，面对
读者的赞美，挑剔，或恶意攻击
写诗如同活着，只是为了
责任，或灵魂的高贵而美丽
一如我们伟大的先人，在狂风中怒吼
或经历地狱烈焰的洗礼
然而，一次又一次，我这样说了
也试图这样去做，但有什么意义
当面对着心灵的荒漠
和时间巨大的废墟

香根草

有时，你的优美像刀锋
划过我的皮肤。当四月的香根草
以一种崭新的姿式摇曳

来吧，让我们穿过天空和果树
在明亮而平缓的气流中滑翔
好多年……滑翔是空气中的
自由运动，或是对运动的否定
但我们无法返回自身
去融入真理的躯壳，它在遥远的虚无间
喘息而闪烁，像一条鱼。而我们只是些植物
在历史的间歇中生长，并被欲望所引导
没有滑翔，滑翔是我们全部愉快的思想
它最终将返回我们，像一只手戴上命运的手套
那么来吧，穿过篱笆和起重机的阴影
穿过纠结的蓝色线条，上升
并吐出红色的果实

春天正在赦免着万物

我并不介意重复那些事物的名称
尽管它们早就存在，并且
在时间中磨损。但今晚的月亮
看上去仍然明亮，上面的棘丛
刺痛着我的眼睛。这似乎让我感到沮丧
如果它们变成一片森林又会怎样？
斧子笨重地滑落，它在空气中锈蚀

当然，我理解你的处境。正如此刻春天
正赦免着万物，水在大厅中央聚集
里面鱼在游动。锦鲤或小丑鱼
后者有一张可笑的面孔，也许经过了精心装扮
直到时间被重新分割。白昼位于日出和日落之间
在停车场的一侧。聚会刚刚开始
开始或者结束。椅子上是空荡荡的风景
总得添加一点新鲜的情节
作为佐料，譬如火星男孩，或地外文明
我们至今不知道自己来自哪里，这令人尴尬
生命是叙说，或重复。一个原形动词
它呈现的只是我们生存的
日常状态。我关注幻想甚于事实
镜子、蚌壳、手术刀和调色板
你留意着戴珍珠耳环的少女
她的小腹微微隆起，罩在
一件宽大的衣衫里。脏衣服堆积
在地板上，像未来的日子，等待着
清洗和熨烫。现在一切被妥善安排了
虽然房间的门被从里面锁上，但你
仍能听得见外面的雨声
总会有一些事情让我们惊异
并受到诱惑。我们待机，等待着重启
默立在那里，像积雪中的树木

间奏曲

大厅里的镜子碎了。词语四处逃散。
谁在说话？人体模型整齐排列着
它们的目光全都朝着一个方向。镜子碎了
以及风景。白昼和夜晚。椅子、真理
和明星海报。是你在说？如果每个碎片都是一个世界
我们是否会在其中？又该如何
认领自己的声音？谁来告诉我，我们是拥有
一个共同的身体，还是各不相同？
那是很久以前的事了。甚至忘了上一次约会
是在哪一年。天正在下雨。此时还是彼时？
走廊尽头的自动售货机空了。你感到口渴。
一条鱼对着镜子排卵。只在凝视的目光中存在
现实真的是我们见到的样子？又该如何理解
变化中的事物，譬如，跌落花瓶中枯萎的记忆？
大丽花被月光的闪电射中，刺耳的尖叫。
我们是在同一个梦里吗？当在中央大街
一家冷饮厅里喝着冰镇的饮料。我总是无法弄清
当房间里亮着灯光，是主人们回到家里
还是在出门时忘记了关灯。

顾城的诗

顾城（1956—1993），北京人。初中毕业。1969年随父到山东昌邑县。1974年回京，做过翻砂工、搬运工等。1988年赴新西兰讲授中国古典文学，曾被聘为奥克兰大学亚语系研究员，后辞职隐居激流岛。1992年获德国学术交流中心（DAAD）创作年金，1993年又获德国伯尔创作基金，在德国写作。参加《诗刊》社第六届青春诗会。著有《黑眼睛》《城》等。

给我逝去的老祖母（之一）

终于
我知道了死亡的无能
它像一声哨
那么短暂
球场上的白线已模糊不清

昨天，在梦里

我们分到了房子
你用脚擦着地
走来走去
把自己的一切
安放进最小的角落
你仍旧在深夜里洗衣
哼着木盆一样
古老的歌谣
用一把断梳子
梳理白发
你仍旧在高兴时
打开一层一层绸布

给我看
已经绝迹的玻璃纽扣
你用一生相信
它们和钻石一样美丽
我仍旧要出去
去玩或者上学
在拱起的铁纱门外边
在第五层台阶上
点燃炉火，点燃炉火
鸟兴奋地叫着
整个早晨

都在淡蓝的烟中漂动

你围绕着我
就像我围绕着你

门前

我多么希望，有一个门口
早晨，阳光照在草上

我们站着
扶着自己的门扇
门很低，但太阳是明亮的

草在结它的种子
风在摇它的叶子
我们站着，不说话
就十分美好

有门，不用开开
是我们的，就十分美好

懂事年龄

所有人都在看我
所有火焰的手指
我避开阳光，在侧柏中行走
不去看女性的夏天
红草地中绿色的砖块
大榕树一样毛森森的男人
我去食堂吃饭
木筷在那里轻轻敲着
对角形的花园
走过的孩子都含有黄金

是树木游泳的力量

是树木游泳的力量
使鸟保持它的航程
使它想起潮水的声音
鸟在空中说话
它说：中午

它说：树冠的年龄

芳香覆盖我们全身
长长清凉的手臂越过内心
我们在风中游泳
寂静成型
我们看不见最初的日子
最初，只有爱情

我承认

我承认
看见你在洗杯子
用最长的手指
水奇怪地摸着玻璃

你从那边走向这边
你有衣服吗?
我看不见杯子
我只看见圆形的水在摇动

是有世界
有一面能出入的镜子

你从这边走向那边
你避开了我的一生

孙文波的诗

孙文波（1956—　　），四川成都人。1976年参军，1979年退役回到成都，做过工人、报社编辑等工作。1996年移居北京，不久后辞职专事写作。1999年与萧开愚、臧棣创办《中国诗歌评论》丛刊，2010年创办诗刊《当代诗》。著有诗集《地图上的旅行》《给小蓓的俪歌》《孙文波的诗》《与无关有关》《新山水诗》《马峦山望》《洞背夜宴》。

飞翔

何处，呵，何处才是居处。

——里尔克

我记得在华阴一望无垠的平原上，
我和年已古稀的祖父
匆匆行走在回家的路上，
四周的景色已经被黑暗收藏。

有一瞬我们在坟茔边休息；
这些长眠者，我们更为古老的祖先
使祖父陷入哀愁，
他告诉我，他已看见了死亡。

我的耳中便响起了死者的声音：
“低下头来，你会看见我们
不只是一个，而是无数个形象。”

我的心被这些话彻底震动。但我
不是低下头，而是拼命抬起
我产生了飞翔的愿望，直到能接近星光。

论喜鹊

树叶落光的树林，喜鹊成为
最显眼的存在，它们在枯枝间翻飞，
或走在地面。除了麻雀，
它们几乎是北方冬天仅剩的鸟类。
其他的，燕子、大雁，甚至鸥，
都见不到了。我总在想，喜鹊是抗冻的鸟。
是冬天最醒目的景象（的确如此）。

不管它们站在枯枝尖还是飞在寂寥的空中
（上下翘动的黑白长尾，超越美学），
都是。就是它们的巢，在树上
也特别显眼。黑的巢，像一坨铁嵌在树顶。
如果大雪降临，在白色苍茫的原野，
喜鹊的存在更加突出，完全是风景，
属于靓丽的一类。从古到今，
得到很多吟咏。我谈论它也属吟咏的一种。
吟咏中有我的疑思，为什么它不像其他的鸟，
受寒冷影响需要迁徙。它的血液里有火焰，
骨头有对抗寒冷的基因？好多问题
（比哲学更哲学）！有时，当喜鹊站立
在我的窗外。就近观察，我想从它转动的
眼睛，发现什么，结果只看到它的骄傲。
我觉得喜鹊的确骄傲。尤其寒冷中
它发出啼叫。四周冷冽，唯有这叫声，
清澈、昂扬、持续，可以划破天地。

仿宫体诗

没有观照，云还是云水仍是水。
依窗而立的人，不过是一个阴影。
不可能是孤独、寂寞、伤心。

没有观照，金戈铁马，大漠落日，
不可能英雄意气风发，敌虏横尸千里。
没有观照，小桥难以让人看到游人打伞。
密林亦无鹿影。没有观照，
所谓颓废，并不在傍晚的夕阳中发生。
月夜也不带来伤情。观照，照的
是心情。一个人贫穷，遇寒思裘遇饥思粟，
一个人富裕，挥金如土弃财如水。
世界总是在世界的对面。一个人在观照中，
从来都不是自己。一个人，不过
是自己的影像。如果他是官吏，他的职位
才是他。如果他是庶民，到处都有围城。
东不能去，西亦不能至。就是
站在风中，风带来的不是凉爽和惬意，
带来冷和痛。万物以观照为准绳。
秩序的建立，在于我是非我、他我。
今天是兰台相聚，明天是登峰造极。

不同年龄的抒情

——抒情。六十几岁时的抒情，
与二十几岁时肯定不一样。二十几岁，
抒的是向往、憧憬，编织蓝图；

对未来、爱情，有复杂的、细腻的描写。
热血在字句中跳跃，浸渗，
大有一字冲天，把世间万物攥在手的野心。
六十几岁的抒情则犹豫、惆怅，
对万物的依恋。小心谨慎谈论见到的一切。
六十几岁谈论未来，笼罩着黑暗，
出现的光亮是火焰最后的燃烧。
慢慢变成灰烬。所以谈论未来，实际是谈论
一个个逝去的细节，以变形的面貌
出现。充满挽留气息。不过是把洞见的东西
隐藏其中。这是沧桑的时间把经历的
一切折叠。以便描画出不一样的自我形象。
带着告别、托付意味。只是对世界，
拒绝是必须的事。不抒情，不一次次把文字的
纤毫伸向情感，只是谈论进入眼睛的现实
才是必须。写下的每一个字都不是
挽留，而是记录，和对痕迹的迅速固定。
清风雅静。是应该对写下的文字的要求。
不热烈，不鼓噪。不对万物说：回应。

一片花飞[①]

火焰花飘落带来一地殷红，犹如血。
是这个夏天惊心的景象，勒杜鹃的飘落
也是如此。玉叶金花呢？一瓣白花
与一瓣黄色的花，在绿色灌木丛中带来的，
则是纯洁的物与纯洁的物相互衬托。
时间的凋零，其中的隐喻。总是让人感叹。
一季与另一季，在下落的过程中
展开。如果人，刚好目睹花离开枝头的一瞬，
就像目睹死亡。美好，变成牺牲。
留心。扩大。心理活动的涟漪，动荡如海，
可以把人引向无限深广的世界中，甚至世界外。
就此理解，那些留存在古老典籍的吟咏，
并不是无病呻吟，而是人性的共鸣。
与看见云团的翻卷、江河的奔流，看见葬仪，
是一致的。这一点与玫瑰、紫薇、茉莉、令箭，
插放在瓷器和玻璃瓶中，几日后见到它们枯萎，
心中的怜惜之情具有相同的意义。
也说明坠落，是属于必须彻底反对的存在。

---

① 引自杜甫诗《曲江二首》“一片花飞减却春”。

从而在心底始终被这样的精神左右；
只有花蕊初发、含苞欲放，才是幸福的。
正应了永远要反对衰败。永远要，反对。

柏桦的诗

柏桦（1956— ），重庆人。1982年毕业于广州外国语学院英语系。先后在中国科技情报研究所重庆分所、西南农业大学、四川外国语学院、南京农业大学工作过。现为西南交通大学人文学院中文系教授。著有诗集《往事》《山水手记》《惟有旧日子带给我们幸福》等。曾获《上海文学》诗歌奖、羊城晚报“花地文学奖榜”年度诗歌奖、第九届四川文学奖等。

夏天还很远

一日逝去又一日
某种东西暗中接近你
坐一坐，走一走
看树叶落了
看小雨下了
看一个人沿街而过
夏天还很远

真快呀，一出生就消失
所有的善在十月的夜晚进来
太美，全不察觉
巨大的宁静如你干净的布鞋
在床边，往事依稀、温婉
如一只旧盒子
一个褪色的书签
夏天还很远

偶然遇见，可能想不起
外面有一点冷
左手也疲倦
暗地里一直往左边
偏僻又深入
那唯一痴痴的挂念
夏天还很远

再不了，动辄发脾气，动辄热爱
拾起从前的坏习惯
灰心年复一年
小竹楼、白衬衫
你是不是正当年？
难得下一次决心

夏天还很远

望气的人

望气的人行色匆匆
登高眺远
眼中沉沉的暮霭
长出黄金、几何与宫殿

穷巷西风突变
一个英雄正动身千里之外
望气的人看到了
他激动的草鞋和布衫

更远的山谷浑然
零落的钟声依稀可闻
两个儿童打扫着亭台
望气的人坐对空寂的傍晚

吉祥之云宽大
一个干枯的导师沉默
独自在吐火、炼丹
望气的人看穿了石头里的图案

乡间的日子风调雨顺
菜田一畦，流水一涧
这边青翠未改
望气的人已走上另一座山巅

以桦皮为衣的人

这是纤细的下午四点
他老了

秋天的九月，天高气清
厨房安静
他流下伤心的鼻血

他决定去五台山
那意思是不要捉死蛇
那意思是作诗：

“雪中狮子骑来看”

晚祷

午后的光景太长了，
在欧洲的童年时代，
晚祷从什么时候开始的？
灾难作家、死亡作家、恨人类的作家
我希望你们都不要到场

宗岱先生，我也在想……
1924 年，6 月 1 日这天
你还在悔恨地沉思着狂热的从前吗？
晚祷“在黄昏星忏悔的温光中
完成我感恩的晚祷。”

地大水大火大风大，散光了
虾子怎么死的，蚂蚁怎么死的
生命难得，方生方死多么快呀
大海盲龟穿木——
早饭过后是午饭，晚饭说来就来了

想想这个道理，晚祷……
想想为了像歌德说的那样，

人应该在老了的岁月里变得神秘
我们是否必须念念不忘
那些曾经带给我们痛苦的人?

家居

三日细雨，二日晴朗
门前停云寂寞
院里飘满微凉
秋深了
家居的日子又临了

古朴的居室宽敞大方
祖父的肖像挂在壁上
帘子很旧，但干干净净

屋里屋外都已打扫
几把竹椅还摆在老地方
仿佛去年回家时的模样

父亲，家居的日子多快乐
再让我邀二三知己
酒约黄昏

纳着晚凉
闲话好时光

王家新的诗

王家新（1957—　　），湖北丹江口人。1982年毕业于武汉大学中文系。1985年任《诗刊》社编辑，1992年在英国等国旅居，回国后任教于北京教育学院，后为中国人民大学文学院教授。著有诗集《游动悬崖》《王家新的诗》《未完成的诗》《塔可夫斯基的树》，诗论随笔集《人与世界的相遇》《夜莺在它自己的时代》《没有英雄的诗》《雪的款待》等。

风景

旷野
散发着热气的石头
一棵树。马的鬃毛迎风拂起
骑者孤单地躺到树下
夕阳在远山仍无声地燃烧

一到夜里

满地的石头都将活动起来
比那树下的人
更具生命

光明

一个从深谷里出来
把车开上滨海盘山公路的人
怎不惊讶于
一个又一个海湾的光亮？
（那光亮一直抵及山间松林的黑暗里
刀一样，在脑海里
留下刻痕）
又一个拐弯，一瞬间
山伸入海
海进入群山
又一道峡谷，汽车向下
再向下，进入
悬壁巨大的阴影
（车内暗起来）
然后，一个左拐弯！永远
那车在爬一个无限伸展的斜坡
永远，那海湾扑来的光亮

使我忆起了一些词语
和对整个世界的爱

布谷

我又听到了布谷，
在这五月的黑暗的田野。

布谷一叫，麦子就黄了，插秧的时节也快到了，
但那是小时候。
现在，它的出现已和庄稼无关，
在这高速公路分割的郊外，也没有了庄稼。
但它的声音仍在传来。

它的声音传来。
而我的诗，也写到了这一行。
我听着它，
我停下笔来听着它。
它从一片田野飞到另一片田野，
它似乎在寻找另一只，
（它永远在寻找另一只）
它只是一种孤单的、无法安慰的声音。
它是一种什么样的鸟，我已无法想象，

我听到的只是声音。

夜多静啊。
布谷的声音传来，伴着深夜的一位写作人。
它要让他知道，有一种昼伏夜出的生灵
在世上还没有绝迹？
有一种声音，只可静静独听？

而我的诗，也不得不写下去。

简单的自传

我现在写诗
而我早年的乐趣是滚铁环
一个人，在放学的路上
在金色的夕光中
把铁环从半山坡上使劲往上推
然后看着它摇摇晃晃地滚下来
用手猛地接住
再使劲往山上赶
就这样一次，又一次——

如今我已写诗多年

那个男孩仍在滚动他的铁环
他仍在那面山坡上推
他仍在无声地喊
他的后背上已长出了翅膀
而我在写作中停了下来
也许，我在等待——
那只闪闪发亮的铁环从山上
一路跌落到深谷里时
溅起的无穷回音？

我在等待那一声最深的哭喊

田园诗

如果你在京郊的乡村路上漫游
你会经常遇见羊群
它们在田野中散开，像不化的雪
像膨胀的绽开的花朵
或是缩成一团穿过公路，被吆喝着
走下杂草丛生的沟渠

我从来没有注意过它们
直到有一次我开车开到一辆卡车的后面

在一个飘雪的下午
这一次我看清了它们的眼睛
（而它们也在上面看着我）
那样温良，那样安静
像是全然不知它们将被带到什么地方
对于我的到来甚至怀有
几分孩子似的好奇

我放慢了车速
我看着它们
消失在愈来愈大的雪花中

杨克的诗

杨克（1957— ），广西南丹人。曾任广东省作家协会党组成员、专职副主席，《作品》杂志社长、总编辑，中国作家协会诗歌委员会副主任。现任中国诗歌学会会长。中国作家协会第十届主席团委员。著有诗集《太阳鸟》《杨克的诗》《有关与无关》《我说出了风的形状》《我在一颗石榴里看见了我的祖国》等。获第十二届《上海文学》奖等奖项。

高秋

此时北方的长街宽阔而安静
四合院从容入梦　如此幸福的午夜
我听见头顶上有一张树叶在干燥中脆响
人很小　风很强劲
秋天的星空高起来了
路灯足以照彻一个人内心的角落

我独自沿着林荫道往前走

突然想抱抱路边的一棵大树
这些挺立天地间的高大灵魂
没有一根枝丫我想栖息
我只想更靠近这个世界

北方田野

鸟儿的鸣叫消失于这片寂静

紫胀的高粱粒溢出母性之美
所有的玉米叶锋芒已钝
我的血脉
在我皮肤之外的南方流动
已经那样遥远
远处的林子，一只苹果落地
像露珠悄然无声

这才真正是我的家园
心平气和像冰层下的湖泊
浸在古井里纹丝不动的黄昏
浑然博大的沉默
深入我的骨髓
生命既成为又不成为这片风景

从此即使漂泊在另一水域
也像茧中的蚕儿一样安宁

秋天的语言诞生于这片寂静

逆光中的那一棵木棉

梦幻之树　黄昏在它的背后大面积沉落
逆光中它显得那样清新
生命的躯干微妙波动
为谁明媚　银色的线条如此炫目
空气中辐射着绝不消失的洋溢的美
诉说生存的万丈光芒
此刻它是精神的灾难
在一种高贵气质的涵盖中
我们深深倾倒
成为匍匐的植物

谁的手在拧低太阳的灯芯
唯有它光焰上升
欲望的花朵　这个季节里看不见的花朵
被最后的激情吹向高处
我们的灵魂在它的枝叶上飞

当晦暗渐近　万物沉沦
心灵的风景中
黑色的剪影　意味着一切

我在一颗石榴里看见了我的祖国

我在一颗石榴里看见我的祖国
硕大而饱满的天地之果
它怀抱着亲密无间的子民
裸露的肌肤护着水晶的心
亿万儿女手牵着手
在枝头上酸酸甜甜微笑
多汁的秋天啊是临盆的孕妇
我想记住十月的每一扇窗户

我抚摸石榴内部微黄色的果膜
就是在抚摸我新鲜的祖国
我看见相邻的一个个省份
向阳的东部靠着背阴的西部
我看见头戴花冠的高原女儿
每一个的脸蛋儿都红扑扑
穿石榴裙的姐妹啊亭亭玉立
石榴花的嘴唇凝红欲滴

我还看见石榴的一道裂口
那些风餐露宿的兄弟
我至亲至爱的好兄弟啊
他们土黄色的坚硬背脊
忍受着龟裂土地的艰辛
每一根青筋都代表他们的苦
我发现他们的手掌非常耐看
我发现手掌的沟壑是无声的叫喊

痛楚喊醒了大片的叶子
它们沿着春风的诱惑疯长
主干以及许多枝干接受了感召
枝干又分蘖纵横交错的枝条
枝条上神采飞扬的花团锦簇
那雨水泼不灭它们的火焰
一朵一朵呀既重又轻
花蕾的风铃摇醒了黎明

太阳这头金毛雄狮还没有老
它已跳上树枝开始了舞蹈
我伫立在辉煌的梦想里
凝视每一棵朝向天空的石榴树
如同一个公民谦卑地弯腰

掏出一颗拳拳的心
丰韵的身子挂着满树的微笑

听见花开

粤港澳大湾区，2 个特别行政区和 9 个市，有紫荆花、荷花、木棉花、三角梅、白玉兰等市花。

——题记

海螺吹亮春天，花蕾返回树梢
橙紫红的云霞在青白蓝的海水聚拢
每一朵浪花都涌动在港湾

紫荆破蕊，赤柱、大潭笃
石排湾、阿公岩、水井湾，渔民听见
油尖旺、九龙城、沙田、元朗，穿过百年雨境
花苞逐瓣绽放
花香浓郁，花萼依托不离
香江碧波尽染，奔涌如巨龙
五片花瓣环抱，凝成东方之珠

帆影凌波而起，从不同维度
衬托太平山顶的高度
三千城楼拨开繁云，海岸抖落夕烟
维多利亚港绚烂的焰火
喷射百年金灿灿的烟花

从《诗经》中飘然而至的清荷
绽放在盛世莲花的岛屿
人们在波涛上种下莲子
澳门半岛、氹仔岛、路环岛
绿岛叠翠，随物赋形
台面江湖翻涌，花影震颤

当花朵张开眼睛
从清潭中出浴
横琴像一张碧叶，弓弦传情
新时代的景深，取代大三巴老旧的钟声
聆听时空相遇的故事，映日绵长

剪一段南风织梦，缀半缕花魂凝香
千年的小渔村，与国际大都市相拥
我沉醉于三角梅火焰般的辉煌
这年轻力壮的城市，用一双
高智能的无形大手，把全世界拉近

那些从远方迁徙而来的叶子花
扎根于晨风轻抚过的沃土
南方以南在诗意里换装
手持贺春红的深圳
用奔涌的血液诉说时代的心声

芭蕉沾着滴露，晨暮亲吻天穹
坐着游轮观看“小蛮腰”
塔顶的桅杆深入半空

木棉花的手指与之遥遥交缠
红艳不媚俗，花落不褪色
壮士风骨，让花城的底蕴更雄浑

一排排玉兰树清芬了东莞和佛山
好比毛笔尖蘸白云写远天
东江与西江仿佛神来之笔
点染虎门港、松山湖和小西湖
罗浮山、西樵山、鼎湖山
宛如硕大的花蕾，独秀岭南
三水枝发并蒂，日月贝剧院像花瓣盛开
清晖园、梁园、余荫山房、可园则像飞絮
五桂山、翠亨村、外伶仃岛

湾区何处不飞花

东风吹来满眼春
听心花怒放
紫荆花笑了，荷花羞了，三角梅
柔韧了，木棉花更红艳了
白玉兰送上绿水青山的祝福
仿佛所有的花瓣，都闪动着
最动人的词。越开越浓的花朵
一张张笑脸，像花伞撑开
大湾区，潮起正扬帆

大解的诗

大解（1957—　　），原名解文阁，满族，河北青龙人。1979年毕业于清华大学水利工程系。1988年调河北省文联《诗神》月刊，任编辑、副主编等。现为河北省作家协会副主席。长诗《悲歌》获2001年河北文艺振兴奖。诗集《个人史》获第六届鲁迅文学奖诗歌奖。其他作品曾获孙犁文学奖，《人民文学》《诗刊》《十月》《星星》诗刊年度奖等多种奖项。

闲云

从一幅古旧的山水画上　大约是秋天
一个渔翁收起钓竿向我走来
他的蓑衣上还滴着水　而湖面上
薄雾已经散开　只剩下小木船
和清风过后的波纹

这时远山从背后升起

挡住了西风的去路
我看见树林摇撼
高天里走动着散淡的薄云

渔翁走到岸边　向我招手
他说了一句什么　我没有听清
由于年代太远　他走到今天
需要三千多双鞋和五十多个身体
期间变幻无数次命运

他算了算　还是回去吧
于是他又回到了船上　继续垂钓
我呼他三遍都没有答应
只有一片闲云飘过来
轻轻地擦过我的头顶

羊群的叫声

这是一群并不洁白的羊群
跟云彩相比　甚至有些肮脏
它们低头吃草　把草原踩在脚下
像一群孩子走在地毯上

一只羊叫道　妈　妈
其他的羊也跟着喊
让我想起了母亲
小时候　我也是脏兮兮的
整天在地上疯跑　有时我喊
妈　妈　我妈就答应

我已年过五十　如今
母亲已经白发苍苍
听到羊的叫声　她偶尔也会答应
尽管她知道我在他乡

如果有来生　我愿做一只羊
一生只说一个字
报答母亲的恩情

变数

那一年　在黄河冲积平原上
我夜观天象
看见事物运转的规律
与人们的命运连在一起　我甚至
发现了自己受命的星辰

我顿时惊呆了
遂退守到灯火聚集的一隅
至少有三个人看见我
背着手　在屋里来回走
不停地走　然后推门而出

那一年我的心里发生了巨大的变化
惊异于生活中涌起的波澜
并对未知的事物保持着敬畏

后来　属于我自己的星辰
运行到不可知处　我听从了它的指引
走到如今

西风口

天气凉了　山区的阳光变得暗淡
云丝散尽以后　天空成了云雀的乐园
它们成群地越过高空　消失在山后
等到西风穿过山口　将有落叶在高处飘浮
寻找它们的根

我曾多次试图穿过这个山口
都被西风吹了回来
我走的是大路　西风走的也是大路
在西风的后面　更加致命的压力来自远处
——我迎面遇见了星群

今天我不想跟西风较劲
我坐在山坡上　享受阳光
俯瞰村庄和树林
今天我的心情特别好　有这么多鸟
在天空表演绝技　有这么多树叶
由绿变黄仿佛金币
在回收自己的光芒

西风吹在我的脸上　我甩了一下头发
就像电影里的新青年　解开风衣的扣子
迎风眺望远方　这时云雀回来了
在它们回来以前　天空如大海
没有一丝波澜　却传出神秘的回声

夜访太行山

星星已经离开山顶　这预示着

苍穹正在弯曲
那看不见的手　已经支起了帐篷
我认识这个夜幕　但对于地上的群峰
却略感生疏　它们暗自集合
展示着越来越大的阴影

就是在这样的夜里
我曾潜入深山　拜访过一位兄长
他的灯在发烧　而他心里的光
被星空所吸引

现在我不能说出他的名字
他的姓氏和血缘　像地下的潜流
隐藏着秘密

我记得那一夜　泛着荧光的夜幕下
岩石在下沉　那种隐秘的力量
诱使我一步步走向深处
接触到沉默的事物　却因不能说出
而咬住了嘴唇

曹宇翔的诗

曹宇翔（1957—　　），山东兖州人。1991 年毕业于解放军艺术学院文学系。1976 年入伍，曾任北京卫戍区警卫二师战士，1983 年调《人民武警报》工作，大校师职主任编辑。现任中国诗歌协会副会长。著有诗集《家园》《青春歌谣》《曹宇翔短诗选》等。曾获中国人民解放军新闻奖，第二、三届青年文学奖等。诗集《纯粹阳光》获第二届鲁迅文学奖。

春天的灯火

是谁传下这古老的节日
无垠夜色，长出大地喜庆灯火
龙灯，福灯，一望无际花灯
今宵映红天地万事万物
夜空月亮，一只吉祥灯笼

山河灯火连缀深情岁月

一个古朴的风俗节日绽放光辉
没有什么能阻扼生命的欢欣
灯火深处，高跷狮舞，旱船秧歌
太平鼓咚咚飞扬生活热情

元宵灯火照亮故乡童年记忆
那是祖母捏出的豆面灯盏
祈福古俗，鲁西南平原正月村庄
遥远乡路寂静月光，今宵都市
灯影里我几乎看见了双亲

此刻你内心也一片红红火火
一个崭新季节铺天盖地滚滚而来
泛绿枝头鸟鸣，冰河开裂声音
我们迎向明晨阳光的好心情
都可以，统一称作春天

长春桥

长春桥，你生动名字里
镶嵌了一颗春天的绿宝石
粼粼碧波，仿佛没使用过的蓝天
镶着春风春雨，万家灯火

晨曦又升起生活的笑声

河两岸先是山杏迎春花
接着桃花樱花，西府海棠
东望长路枝干结出一轮春光红日
百合花粉色杯盏盛满春天
西山月，半含一声风铃

长春桥我和孩子们的家
都在近旁，曾领幼年儿子
在河边游玩，他捧起水草丛几只
黝黑蝌蚪，惊喜怜爱眼神
像捧出夏天的一片蛙声

在春之桥凭栏一望无际
电视塔如高挂云端红灯笼
河边的学院，购物中心，地铁站
观赏岸坡几朵米粒般小花
春天婴儿，刚睁开眼睛

走过岁月长春桥，记得
一个初春午夜在桥上与一只
流浪狗相向而过，像想起什么事
距几米站住，相互定神回望

一会儿又消逝在夜色中

乌珠穆沁的马

来自乌珠穆沁草原的马，从
马头琴弦，从天空蒙古长调古歌里
浪涛般铺天盖地，飞奔而下
马群呼啸，卷向天边，这时突然
有一匹马，在我面前停了下来

仿佛与我相识，恍若我的前世
长鬃抖落一路苦寒，像个孩子
此刻它就安静地，垂首于我的眼前
身心被它影子握住又轻轻松开
我的胸腔低低回响咴咴嘶鸣

在这初夏之夜，它眨动的密密
睫毛，凝结雪白霜花，水汪汪一双
温和眼睛，是春天明净清澈湖泊
映着草地野花森林，鹰影蓝天
我的脸上，挂满无端的泪水

我听到它怦怦心跳，热血涌流

从天边风雪里奔来的马，为自由
奔驰而生的精灵，这时仿佛又听到
命运召唤，我看到它默默回首
踏踏而去，消逝在茫茫人间

手攥一把晨星

入伍通知书盖住料峭春寒
油灯昏黄灯影里母亲一夜叮咛
在外面别喝凉水，常往家里写信
那是什么时候，仿佛就是昨天
你十八岁，嗯嗯小声答应

这时颠簸的乡路没一个人影
堂兄骑自行车驮着你去公社集合
坐在后座上，再看一眼村庄
突然哽咽，用力蹬车的堂兄扭头
训斥：“熊孩子，哭什么哭！”

自此开启四十二年军旅生涯
那个凌晨今又闪现，一点灯火
五更的鸡鸣，故乡大地恒久折光
那时黑黢黢原野还未朝霞初露

你挥手，攥起天边一把晨星

祖国之秋

今日你徒步走进秋天的广场
深秋了，天已转凉，菊花开放
风把四个湛蓝的湖泊运向空中
空中，缓缓驶过云霞船队
空中，雁翅划动季节的双桨

用歌声迎接大地起伏的歌声
在澄明的秋天你看见所有人民
城市，乡村，太平洋的波浪
甚至看到你远逝的童年，祖母
干草垛，一个孩子摇响铃铛

这原野、河流，这落叶、果实
每天，广场升起一面旗帜
每天，土地长出一轮光芒
一切都是值得的，内心幸福
你笑了，想起曾有的一个梦想

谁能不爱自己的祖国呢

“祖国”，当你轻轻说出这个词
等于说出你的命运，亲人，家乡
而当你用目光说到“秋天”
那就是岁月，人生啊，远方

王学芯的诗

王学芯（1958—　　），江苏无锡人。1989 年毕业于江南大学中文系。1981 年参加工作，历任积余街中心小学副校长，无锡市北塘区政府办公室秘书、主任，北塘区建设环保局党委书记，无锡市环境管理委员会办公室主任，无锡市人民政府驻成都办事处主任，无锡市商务局局长。著有诗集《这里那里》《老人院》《蓝光》等。参加《诗刊》社第十届青春诗会。

新工业概念

这蔚蓝的天空下
蒸汽电气信息时代磨亮一片花瓣
物质得以改变　长三角上了百层楼梯
繁荣或透视　几个专用场合短语
勾勒出新工业新的交叉光线
石墨烯　人工智能　量子通信　基因工程
如同几滴明亮的水珠

在一张没有边沿的桌上滑动
在靠窗的地方移向东方
使肘腕边的世界　图像和集群线条
从临近一切的网络里长出更高一层梯级
走上天空
进入彩虹房间
触及一颗神秘跳动的心脏
感到就是这么一个瞬间
黑色头发的江水开始了一股浪潮涌动
急促一闪的浪尖或涛声
仿佛都在齐口说出有关新材料的语言
觉得月光下的花枝
正在树梢爆散星星　螺旋出
移动着
摆动着
引导着的波环
使突出的远眺和美好
有了一种很近的轮廓

云工厂

飘过空间
云朵系在工厂棚顶　比布幔丝滑

绵延进内部一切看得见的链接体系
完成纤细云丝一样的流程
在那里
工装　上了光电蓝色
键盘线化出制造业的节奏
纹理之间的尺寸精度及编程的动态
发展了特征
如同隐隐呈现　清晰晰的一片树叶
完美茎脉　从第三次工业革命的宽阔点上
移向第四次工业革命的核心位置
仿佛说明
云上云下的工厂
正是现代人视觉怒放的第五部分
或是一个又一个特写镜头里的脸和洁白牙齿
使微笑和一杯青翠的水
在电脑桌边持续出现银光波纹
而这
或许就是我
以及所有人
一直看着的透亮天空

蓝图

到了互联网深处
量子网络就是世界一道门槛
映入蓝图　像在往更好的方向飞去
想到恬适的退休生活　踏上携程旅途
或患病的人　躺在 X 射线的 CT 床上
不用担心黄黑色的电离辐射
知道早期阿尔茨海默病如何揉压神经
怎样榨取大脑的活力和眼珠的灵动
使微波的断层成像
勾画出强有力肌体的癌变细胞
或在更老的时候　驾驶不动车了
坐在自动方向盘前滑行　找到
不差毫厘的泊位
还有喝的水　转身呼吸的户外空气
亟待验证的食品包装袋
以及更多经济和国防的夙愿
这些　我知道我们与量子网络绑在一起
梦的纯度正出现地球新发现的一切
并在我的区域或附近
迅速构画出一棵树的扩充状态

让星星的眼睛伸出叶簇
亮烁烁地　穿过
空间
和
空隙

蓝调时光

在本地
开发区犹如鸽子　高新区是蜜蜂
携带产业和酿制科技的蜜
特征出色　熠熠生辉的企业放大空间
表格填写空白的叫产品
五颜六色的名称更是一种专利
蓝调时光
复合这一区域一碧万顷的波浪
光点　心脏　金子　转动的精密微轴
看上去都是手指上一只绿环　在变成
地球仪或边际的太空
感到盯住看的地方　不是吸纳
而是前往
是针线穿过针孔的准确无误　以及
敬畏连着敬畏那一瞬间的从容

鸽子汇入天空　蜜蜂没有一只平凡
飞翔的翅膀　几万只翅膀
都是一个圆周
回旋在清晰的光芒之中
漂亮的树　漂亮的万物花朵
一大群
蓝色叶子和蕊苑
似乎完美排列　在一步一步习惯
归类的上升和蜂鸣

屏面视野

屏面里的山峰
耸立在手边　在燃烧静静的火焰
更多光芒　照在选择的位置上
坐定　风就
停息下来
同我一样的几只松鼠　在松香的树下
分享一个日出
加热自己

山脊上的光充满了气息
感染着强壮的森林　如同一头卧狮

渐渐直起身子　金黄的浓密毛发
一扫几百年的阴霾
开始了年轻的钟表
新的钟点

现实和无线网里的世界都是真的
信号增强　打开的视野和精华
场景变得更有意义
天空在山顶之上开阔起来
山峦紧随其后
温暖的效果
一键回音　推移着
不绝的新鲜空气

姚风的诗

姚风（1958— ），本名姚京明，生于北京，后定居澳门，复旦大学比较文学博士。先后任职于中国社会科学院外国文学研究所、外交部、澳门大学葡文系、澳门文化局。现为澳门大学葡文系教授。著有诗集《写在风的翅膀上》《黑夜与我一起躺下》《当鱼闭上眼睛》《姚风诗选》《绝句》等。2006 年获葡萄牙总统颁授“军官级圣地亚哥宝剑勋章”。

镜中

树枝在镜子里摇晃
我看见了远方和风

我还看见，我的五官日渐消瘦
而孤独增长了身高

但我还没有积攒足够的孤独

去打碎镜子
找到深藏镜中的你

玻璃的内心

那些石头
要扬弃多少东西
才会变成玻璃
它通体透明
平静，明亮，无言

窗外，依旧风光无限
夕阳撞向大地
大海卷起波涛
玻璃的内心
隐藏着锋芒和喊叫

中国地图

我要感谢那个绘制地图的人
你用玫瑰的色彩
描出祖国辽阔的疆域

用绿色标出高山峻岭
用蓝色标出河流大海

在九百六十万平方公里的土地上
你种下了玫瑰
黄河洗净泥沙，长江奔流如碧
海天一色，没有污染
满目青山，伐木者早已远去

彩色的地图，玫瑰园般绚丽
我仿佛看见，可爱的人民
在水之湄，在花园间
劳作，繁衍，生息
他们用晶莹的汗水浇灌玫瑰
他们用一生的时间彼此相爱

老马

习惯了车把式、行人和汽车
也就习惯了不再奔跑
毛皮像一块黄昏
肮脏、松弛，已接近黑夜
金属的马蹄

使没有草的路更加漫长

我坐在县城嘈杂的小酒馆
望着你用尽力气低下头
把大车拉上斜坡
却不懂用你的语言说一声：
老马，进来喝一杯吧

马头琴

马一仰起头，就走进了马头琴
沿着琴弦的路，向前疾驰

大地延伸，远山起伏
都是为了容纳
一匹马，一个人

辽远，苍茫，更多的是忧伤
你的心里，还有一颗心
嗒嗒的马蹄，怎么也跑不出身体
怎么也跑不出这颗心

当夜幕降临，琴声喑哑

一轮皓月，在马的眼睛中升起
浑圆，清澈
如一滴无法逃跑的泪水
如草叶上一滴露水的孤独

汤养宗的诗

汤养宗（1959— ），福建霞浦人。1978 年应征入伍，担任过东海舰队某导弹护卫舰声呐兵。退伍后任霞浦闽剧团编剧，后又转职于文联、广播电视局、政协、人大等部门。现任福建省作家协会副主席、中国诗歌学会副会长。获《人民文学》2006 年度诗歌奖、《诗刊》2012 年度诗歌奖、第十一届丁玲文学奖诗歌类成就奖。诗集《去人间》获第七届鲁迅文学奖。

伟大的蓝色

伟大的蓝色，你什么也没有动

你掀动自己，一层一层地掀开自己
我看见你的手，从自己的身体深处
又收合在身体深处

你什么地方也没有去过，到达的是

天空里的声音和呼吸
你把肺叶借给白云，但白云是错误的

行动的还有你的大脾气
当我这样说出，我的语言正在浪花四溅
当我沉默，我是一粒暄腾的盐

一切的奔走都是假象，伟大的蓝
只停留在伟大的身体中
秘密的脚，也是对世界秘密的诺言

张开是为了拢合，上升只为了回落
你就是自己的尽头。这蓝
世界的皮，撕开，一颗永远滚动的蓝心脏

向大海

向大海，向那高地，视觉的坡度
地球的蓝血液在那里涌动
向辽阔而浩瀚的秩序
加入自己的名字，在飞溅的风浪间
与狮虎争夺地盘，与大鲸鲨鱼
计较作为原住民的名分

错开的族类，依然需要争辩谁是谁
深海中野性聚集的一切
都会呈现于自己的主场
去吧，去那喧腾中领取你的心跳
在海腥香里耕耘好你的波浪
一生爬坡才立命于这梦中高原
为的就是汇入伟大的蓝色
成为澎湃与荡漾开来的一部分
你已真正穿越沉浮，生死
经历大潮与小潮，并爱上自己的颠簸
世界指认，说这个人是蓝的
何谓到达？让大海认下就是到达

船骨

我拍摄过许多破损的船骨，并留下
版本各异的照片，最大的共同点是
无论船体如何四分五裂
作为船脊梁的龙骨总会完整保留下来
不同于大街边出售的虎骨，虎鞭
以及被剥下来的斑斓的虎皮
早些年，这些遗弃的木头
人们都以共同的忌讳继续闲置着

是大海的遗存，也是谁的遗体
人间最大的叹息莫过于这些木头
恍惚间若有若无的动静
现在不同了，人们发现
不腐的船板，都是海水浸泡过的精木
它们被锯下制成了酒吧里最时尚的桌具
然后是红男绿女们在上面敲杯
声音很特别，赌酒或说爱
便有现成的大海在作证
全然没想到，被他们敲击的
曾经是，大海脾气很坏的一块骨骼

群岛

浩浩汤汤中的葡萄串，将星粒的梦想
一下子撒开，群岛出现，天空空掉
海神看见了下凡的牛羊

眺望群岛，眺望一些土地身影零落地
远游。我们身体里亲爱的骨头
一下子也找到了分散开的形式

在大陆架以外，它们是我身体外的身体

沿着不经意的路径，踩着波水
气象一路撒开，展开了浩大的灵魂

它们忘记了恪守于谁的承诺
在海面列队，集体的气息
类似于松香粒，类似于形散神不散的信念

喊声加重了这白云与心跳的血缘关系
我们担心任何捡贝壳的手，也捡走了
那存放在海天之间的心跳

这些仿佛飞过一遍的土地
用距离说出了我们的倾诉与牵挂
同时也看到祖国牢不可破的力和时间

眺望群岛，眺望也在向我眺望的祖国
血脉相连的星粒，它们是我
分散的骨骼，也是珍珠玛瑙，钻石和黄金

霞浦

一生中能有一次看到大海日出
便是蜜，也是歌。可以值得

时不时地轻轻哼唱。
一生中，不断地与大海与满天彩霞
同见证：自己与这轮日出一而再地
正处在同一个时空中
那简直就是一条值得炫耀的命。
我的地盘叫霞浦。跟踪着
文采，可认作：栖霞处，海之浦
全称叫“蓝色圣地，栖霞之浦”。
我就是那个命好的人
梦幻般的海岸是云彩出没的聚集地
经常横空出世，美成
不可一世，给所有人一条多彩的命
我是个稍不小心就浑身上下
涂满色彩的人，常常喜滋滋地
在天地美景中晕头转向。
在这里，再木讷的人
也有开花的冲动
身处这里的石头，也是最深情的石头。
在闽，闽之东，天光海色中
看海的人无法断定
天空在海里还是大海在天上
但每个人都可以听从
云霞，热血，伟大的蓝
跟着日出，或自带光芒，出场。

声　明

经多方努力，本书仍有若干作品未能与版权所有人取得联系。请版权所有人见书后与我们联系（HRWX2011@163.com），以便及时支付稿费。感谢理解与支持！